웹드라마작가 김뜰의 마법

EP.05 ___나같은 딸

엄마의
비밀을
알게 됐다

6:03

10년 동안 숨긴 비밀을 알게 됐을 때
[딱나딸] EP.05 | [ENG/CHN] | ...

⋮

딸에게 잘해주
딸에게
잘해주면
안 되는 이

만든 사람들

각본 김들 | 고낙균 | 연출 고낙균 | 조연출 박지연 | 서정인 | 스크립터 노체민 | 전보람
제작 김수민 | 제작부 홍준범 | 촬영 김덕중 | 촬영부 이태환 | 조명 조백진 | 조명부 김승연 | 정재훈 | 윤필상
동시녹음 황수빈 | 붐 오퍼레이터 차아빈 | 장진업 | 데이터매니저 김도연 | 현승휘 | 편집 고픽처스
DI 김항규 | 음악 송수연 | 사운드믹싱 홍슬기 | 디자인 류연주 | 편곡 이민지

누구 시리즈 **18**

웹드라마작가 김똘의 마법 – **누구 시리즈 18**
김 똘 지음

초판1쇄 발행 2022년 11월 1일

지은이 김 똘
펴낸이 방귀희
펴낸곳 도서출판 솟대
등 록 1991년 4월 29일
주 소 서울시 금천구 서부샛길 606, 대성지식산업센터 b동 2506-2호
전 화 02)861-8848
팩 스 02)861-8849
홈주소 www.emiji.net
이메일 klah1990@daum.net

값 12,000원

ISBN 978-89-85863-85-8 03810

주최 사 한국장애예술인협회
후원 문화체육관광부   한국장애인문화예술원
Korea Disability Arts & Culture Center

18
누구 시리즈

웹드라마작가
김뜰의 마법

김 뜰 지음

세상 쿨하고 싶지만 세상 뜨거운 짝사랑 중인
작가 김뜰의 연서

도서출판

솟대

반 평짜리 유한한 휠체어에서 가꾸는
다양한 매체의 무한한 이야기 뜰

S#1 김뜰의 방 안. 낮.

뜰의 엄마가 친구들과의 약속으로 외출한 지 한 시간이 채 되지 않았을 무렵,
혼자 집에 있던 뜰이 갑자기 배가 아프고 화장실이 급해진다.
핸드폰을 들고 단축번호 1번, 엄마에게 전화를 거는 뜰.

F	(전화 수신음이 울리는 소리)
뜰의 모(F)	(전화 받으며 이미 예상했듯) 왜!
뜰	엄마, 배 아프다.
뜰의 모(F)	으이그… 알았다. 지금 바로 갈게.
뜰	어… (미안한 얼굴로 전화를 끊는다.)

나는 화장실 가는 일도 혼자서는 할 수 없어 실수를 해 버리고 마는 뇌병변 중증장애인이다. 하지만 나는 드라마 대본, 영화 시나리오, 웹소설을 쓰는 작가이기도 하다.

좋은 대학교를 다니고, 글쓰는 작가가 되는 대신에 재활치료에 힘을 쏟았더라면 나는 적어도 용변이 급할 때 남의 손을 빌리지 않아도 되는 경증 장애인이 되었을지도 모른다. 그렇지만 지금처럼 작가가 되지는 못했을 것 같다.

　혼자 자립적인 생활도 할 수 없으면서 아무리 글을 잘 쓰는 예술가가 되어 무슨 소용이냐고 혀를 차는 사람도 있고, 장애를 핑계 삼아 실력도 없으면서 기회를 얻으려고 하는 것 아니냐고 아니꼬운 시선을 보내는 사람도 있다.

　그 어떤 말을 해도 나는 이야기를 쓰는 일이 좋다. 내가 쓴 대사가 배우들의 입을 통해 많은 시청자들의 귀에 들리는 것이 좋다.

　나는 비록 한 평짜리 휠체어에 갇힌 몸이지만 생각은 누구보다 훨훨 온 세상을 나는 새가 되어 사람들의 마음속에 재미난 이야기 씨앗을 뿌리고 아름드리 나무와 꽃들이 피어나는 뜰을 가꾸고 싶다.

2022년 가을
김뜰

차례

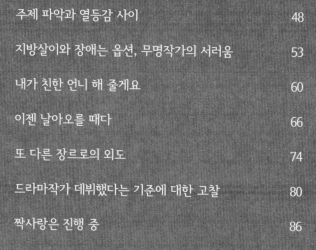

상상하기 좋아하던 소녀가 처음 사귄 친구

...

To. 사랑하는 나의 당신께….

영하 9도 코끝 시린 늦겨울에 따뜻한 봄을 기다리며 이 편지를 씁니다. 무슨 이야기를 먼저 꺼내야 하나 고르고 고르다 아무래도 처음 나의 꿈을 품었던 그때를 얘기해야겠다 싶어요.

저는 태어난 지 얼마 되지 않은 갓난쟁이 때 어른들이 자리를 비운 사이 버둥거리던 몸이 엎어지고 코와 입이 이불에 파묻혀 숨을 쉬지 못한 탓에 뇌로 공급돼야 할 산소가 막혔고, 그렇게 운동신경을 다치는 바람에 뇌병변 장애를 갖게 됐어요. 80년대 때만 해도 제가 살던 진주에는 재활치료를 받을 만한 병원이 없어서 재활의학과로 유명한 대구의 외가댁에 맡겨져 외할아버지, 외할머니 손에서 언어치료와 재활치료를 병행하며 자랐습니다.

다른 건강한 아이들 같았으면 맨날 밖에 나가서 친구들과 모래장난, 숨바꼭질, 소꿉놀이하며 놀았을 나이지만, 저는 병원 갈 때를 제외하고 늘 집안에서 머무는 시간이 많았어요. 혼자 갖고 노는 인형 놀이에 지겨워져 가자 외할머니께서는 동화책과 만화영화 비디오를 보라고 빌려다 주셨어요. 그때만 해도 책과 비디오를 대여해 주는 대여점이 동네마다 아주 많았거든요. 지금 가장 기억에 남는 작품은 '꼬마 니콜라'라는 만화책과 '들장미 소녀 캔디' 만화영화입니다. 난생처음 사귄 친구가 바로 니콜라와 캔디였던 거예요.

이런저런 상상하기 좋아하는 어린 소녀였던 저는, 방금 내 옆에 하느님이 내려오셔서 너는 여덟 살부터 걷게 될 거야, 하고 말해 주고 갔다는 말로 외할머니를 놀라게 할 정도였고, 그런 저에게 니콜라와 캔디는 실제로 존재하는 친구만큼이나 친한 나의 첫 친구였습니다. 이때만 해도 한글을 떼기 전이라 그림 속 니콜라, 캔디를 보는 게 전부라 그런지 오히려 제가 상상할 수 있는 부분이 훨씬 더 많았어요. 꿈에도 나타난 두 친구와 같이 휠체어도 타지 않고, 어른들의 등에 업히지도 않은 제가 마음껏 들판을 뛰어놀았습니다. 캔디로 시작된 저의 만화영화 사랑은 텔레비전에서 방영해 주던 아기공룡 둘리, 날아라 슈퍼보드, 웨딩 피치, 천사 소녀 네티까지 이어졌어요.

그러다 집에 있는 시간이 대부분이었던 저는 그때만 해도 연속극이라 불린 드라마를 유독 좋아하셨던 외할머니와 늘 같이 있다 보니 자연스레 드라마에 눈을 뜨게 됐죠. 아침드라마, 저녁 일일드라마, 월화 특집극, 수목 미니시리즈, 주말연속극, 드라마게임, 베스트극장 등등 거의 모든 드라마를 섭렵했습니다. 솔직히 무슨 감정인지, 어떤 슬픔인지 자세히 알지 못하는 고작 예닐곱 살의 나이였지만 이야기가 재밌었던 것 같습니다. 시골 할머니들이 손주들 무릎

위에 눕혀 놓고 옛날 전래 동화를 들려주셨다면, 저희 외할머니는 대구라는 대도시에 사는, 일명 차도녀시다 보니 전래 동화 대신 드라마를 같이 보자 하셨던 거죠. 외할머니와 드라마 속 응원하는 커플이 달라서 티격태격했었던 기억도 있어요. 하하.

많은 드라마 중에서 지금도 또렷하게 생각나는 최애 드라마가 있었습니다. 바로 〈여명의 눈동자〉. 우리나라 역사를 알 리도 없었고, 애달픈 사랑의 감정 또한 알 리가 없는 고작 만 여섯 살의 미취학 아동이었지만 배우 채시라 분과 최재성 분이 철조망을 사이에 두고 처절하게 키스를 나누던 장면을 보고 오열했었습니다. 외할머니도 눈물을 훔치다가 옆에서 통곡하는 어린 손녀를 보고 어이가 없어 웃음을 터뜨리기도 하셨어요.

"니가 뭘 안다꼬 우노? 뭐시 그리 슬픈데? 하하하!"

외할머니의 말에 뭐라 대답은 할 수 없었지만 나쁜 놈들 때문에 좋아하는 사람들끼리 행복할 수 없다는, 확실히 슬픈 감정을 느꼈던 것 같아요. 그때부터 제가 감수성이 풍부하단 걸 알게 된 어른들은 앞으로 장애를 갖고 살아가면서 제가 얼마나 큰 마음의 상처를 받으며 살아갈까 걱정도 하셨어요. 철이 좀 늦게 들었으면 좋겠다고 하셨지만, 저는 그저 감기처럼 앓다가 언니, 누나가 되면 걷게 될 거라고 생각했던 제 생각이 틀렸고, 평생 지니고 살아야 한다는 제 장애를 받아들이는 일부터 철이 드는 과정이었습니다.

드라마작법을 공부하면서 그 드라마를 집필하신 송지나 작가님의 위대함도 알게 되고, 우리나라의 아픈 역사를 담은 무거운 주제

동생과 함께

에, 얼마나 잘 쓴 대본이었는지 깨달으며 혀를 내두를 수밖에 없었어요. 오죽했으면 고작 만 여섯 살짜리 어린애까지 울렸겠어요.

아마도 그때, 이야기, 스토리에 대한 흥미를 본격적으로 느꼈던 것 같아요. 이야기라는 게 무엇이기에 사람을 울고, 웃게 만드는지 신기하고 대단했습니다.

평생 직업으로 삼아도 좋다고 생각한 이야기 짓는 일을 처음 알려 준, 지금은 돌아가시고 없는 외할머니께 새삼 감사 인사를 드리고 싶어요. 제 작가 인생의 8할은 바로 저의 외할머니 윤희대 씨입니다. 외할머니 덕분에 그렇게 저는 작가로의 눈을 어슴프레 처음 뜨기 시작했어요.

글쓰기의 기초, '한글'을 배우던 나날들

...

　외할머니 댁에서 외할아버지, 이모, 외삼촌들과 함께 시간을 보내고 재활병원에서 재활치료와 언어치료, 작업치료 등을 받으며 지내는 생활이 익숙해져 갔어요. 비디오, 만화책을 보며 제법 재미있고 만족스럽게 보내고 있다 생각했지만, 뽀뽀뽀나 딩동댕유치원을 보다 보면 항상 엄마, 아빠, 동생 이야기가 나오는 에피소드가 대부분이었죠. 진짜 나의 가족은 나를 멀리 떨어뜨려 놓고 따로 산다는 생각이 들곤 했습니다. 그러다 한 달에 한두 번씩 저를 만나러 오는 엄마, 아빠와 남동생이 찾아오는 날은 기쁘기도 했지만 곧 다시 가버린다는 걸 알고 있었기에 시한부 행복 같은 느낌이었어요. 내가 치료받을 병원이 그곳엔 없기 때문에 외할머니 댁에서 산다는 정도는 알고 있었지만, 그러면 엄마, 아빠, 남동생이 다 같이 여기 와서 살면 되는데 왜 오지 않는 건가 하는 의문이 항상 있었습니다. 그때만 해도 아빠의 직장을 다른 지역으로 옮기는 일이 쉽지 않고, 친가가 그곳에 있어서 제사 때마다 엄마가 가서 며느리로서 일을 해야 한다는 등의 어른들 세계에 대해 아무것도 아는 게 없었으니 어린 꼬마 아이의 생각으론 당연한 의문이었죠. 지금은 물론 이해하지만 그때 당시만 해도 항상 엄마, 아빠, 남동생에 대한 섭섭함이 깔려 있었는데 어른들에겐 짐짓 아닌 척했던 것 같습니다. 가족들이 제가 있는 대구에 오는 날이면 맛있는 것도 먹고, 엄마가 사다 주는 예쁜 옷에, 아빠의 장난감 선물, 남동생과 함께 소꿉놀이, 어른들이 알면 혼쭐내는 장난전화하기, 휴지에 불붙이기 등 소위 '저지리'를 하며 즐거운 시간을 보냈어요. 그러다 늦은 밤 10시쯤이 되면 가족들이 집으로 돌아가야 했는데, 저는 9시쯤부터 외할머니에게 이부자리를 깔아 달라고 해서 방에 들어가 잠을 청했습니다. 잠이 막 쏟아진다거나 눈꺼풀을 이길 수 없는 그런 정도는 전혀 아니었지만 가족들과 이별 인사를 나누고 손을 흔들고 현관 밖으로 나가는 가족들의 모습을 보는 게 싫었던 것 같아요. 오지도 않는 잠을 잔다고 누워서 엄마, 아빠, 남동생이 외가댁 식구들과 인사를 하고 현관문 나서는 소리를 귀 쫑긋 세우고 듣고 있었죠.

헤어짐에 서툴렀던 어린 제가 선택한 최선의 방법은 '자는 척'을 하는 것이었죠. 어른들은 이런 아이의 마음을 모를 리가 없었고, 아직도 그때를 생각하면 코끝이 시큰한 기억이라며 제게도 그때 기억이 나는지, 물기 어린 눈으로 물어보시곤 합니다.

그러다 한 살 더 먹었을 때쯤 어차피 멀리 떨어져 살아야 되는 거라면 멀리 있는 가족들과 소통할 수 있는 방법을 찾아야겠단 생각이 들었어요. 저는 엄마 집 전화번호를 물어서 적어 놓은 뒤, 외할머

부모님과 함께

니가 시장에 가시거나 잠시 집을 비우실 때 안방으로 깡충깡충 기어가서 유선전화 수화기를 들고 급히 엄마에게 전화를 걸었습니다. 외할머니가 전화한다고 뭐라 그러시지도 않았지만 어린 마음에 전화요금 많이 나오게 하는 것이 죄송스러웠고, 같이 살며 보살펴 주는 건 할머니인데 엄마를 보고 싶어 하고 통화하고 싶어 하는 것이 할머니에 대한 배신이라는 생각을 스스로 한 것 같습니다. 그렇게 할머니 몰래 엄마와 별로 중요하지도 않은 시답잖은 이야기들로 통화를 하다가 현관 밖에서 할머니가 계단을 올라오시는 소리가 들리면,

"어, 어, 엄마! 인자 끄, 끊어야 되긋다. 또 전화할게잉."

급할수록 더 더듬거려지는 한마디를 남기고 서둘러 전화 수화기를 내려놓은 뒤, 다시 깡충깡충 기어서 거실 밖으로 나와 전화한 적 없는 양, 인형을 갖고 노는 척 연기를 했죠. 깜찍한 소녀였습니다.

전화 말고도 손 편지라는 소통 방법이 있다는 걸 알게 되고부터는 한글 공부를 시작했어요. 밤에 잠자리에 들 때마다 이모에게 동화책을 읽어 달라고도 했는데 하루 종일 피곤했던 이모는 몇 장 읽어 주면 내가 잠들겠지, 하며 내 눈꺼풀이 감겼나 연신 확인했죠. 동화책 끝부분에 퀴즈까지 풀고 나야 잠들었던 저는 스스로 동화책을 읽고 싶다는 욕심도 생겼습니다. 외할머니가 사다 주신 한글 깨치기 참고서로 시작한 공부가 생각보다 쉽게 되지 않다가 갑자기 실력이 늘게 된 건 엄마에게 눈물의 손 편지를 쓰면서부터예요. 슬퍼서 눈물이 아니었습니다. 쓰고 싶고 하고 싶은 말은 많은데 글씨로

어떻게 써야 할지는 모르겠고 짜증이 급격하게 밀려왔어요. 바로바로 떠오르지 않는 한글 때문에 속이 상했죠. 외할머니는 그렇게 힘들게 울 것 같으면 아예 쓰지 말면 될 거 아니냐고 하셨지만 쓰긴 써야 했습니다. 아니, 쓰고 싶었어요. 외할머니와 이모가 대신 써 주겠다고, 말로 부르기만 하라고도 했지만 내가 직접 써야지만 내 생각, 내가 하고 싶은 말들이 제대로 전달된다는 생각에 끝까지 내가 쓰겠다고 고집을 피웠답니다. 굳이 따지면 내가 하고 싶은 말이 정리가 안 되는 것보다는 한글이 생각나지 않는 이유에서였지만, 그때가 아마 제 인생 최초, 산고와 같다는, 일명 '창작의 고통'이었던 것 같습니다.

어눌한 말소리 대신 글이 더 편하고 좋았던 소녀

...

저는 학교 동창 친구들보다 두 살이 더 많습니다. 사고라도 쳐서 꿇었냐구요? 그게 훨씬 폼이 날 것 같긴 한데 다른 이유에서예요. 엄마, 아빠는 저를 학교에 보내야 할지 말아야 할지 고민이 많으셨어요. 엄마는 장애를 가진 아이일수록 비장애인들보다 똑똑해야 살아남을 수 있다고 학교에 보내야 한다는 입장인 반면, 아빠는 학교 선생님이시라 학교생활에 대해 더 속속들이 잘 알고 계셔서인지 행여 제가 지능이 되지 않을까 봐, 친구들을 못 사귈까 봐 걱정이 많아 보내지 않는 게 맞다는 입장이셨죠.

엄마, 아빠가 입학통지서를 들고 갈등하는 사이 2년이 훌쩍 지나버렸고, 부모님 의견의 중간책인 장애인 특수학교, 혜광학교에 우선 입학을 하게 됐어요. 그렇게 열 살에 저는 1학년이 됐습니다. 하지만 특수학교는 지능이 정상인 저에겐 너무 심심했습니다. 일반 학교 교과서를 따로 구매해서 선생님께 1 대 1 수업을 받고, 1 대 1로 치르는 시험은 무척 따분했어요. 그러다 근처 일반 학교와 자매결연을 맺어

특수학교로 놀러온 비장애인 친구들을 만나게 됐는데 얼마나 말이 잘 통하고 재미있었는지 모릅니다. 그제서야 비장애인 친구들이 다니는 학교가 따로 있다는 걸 알게 된 저는 부모님께 일반 학교에 보내 달라 조르기 시작했습니다.

저를 일반 학교에 보내면 어떨까 생각 중이라는 엄마에게 주변 사람들은 우려 섞인 목소리로 아이들이 놀리면 어떡할 거냐, 특수학교에서나 공부를 잘하는 거지 일반 학교에 가서 수업을 들으면 반도 못 따라갈 거라느니, 일반 학교 선생들이 저의 이름 한번 불러 줄 것 같냐는 둥 말이 많았습니다. 아빠 역시 그렇게 학교가 가고 싶으면 검정고시를 치면 된다고 저를 설득했지만, 저는 공부를 하고 싶은 게 아니라 비장애인 친구들과 섞여서 같이 놀고 싶은 거라고 했어요.

결국 저의 쇠심줄 같은 고집이 부모님을 이겨서 저는 4학년 1학기 때 일반 학교로 처음 전학을 가게 됐죠. 아빠를 비롯한 주변 사람들의 우려는 기우에 불과했어요. 전학을 간 첫날부터 서로 제 짝꿍이 되겠다는 여자친구들은 최선책으로 날마다 한 명씩 번갈아 가며 제 옆자리에 앉는 걸로 합의를 봤고, 전 많은 비장애인 친구들과 사귀기 시작했습니다.

친구들은 제 휠체어와 저의 말하는 소리, 제 불편한 몸놀림을 호기심으로 바라봤지 놀리지는 않았어요. 아, 가끔 개구쟁이 같은 남학생들이 저를 따라 흉내 내며 놀림거리 삼아 웃어 대기는 했지만 제 성격이 원래 어릴 적부터 유머와 개그를 좋아했던 터라 그 친구

들의 행동 모사에 재밌어서 같이 웃곤 했어요. 덕분에 저를 한번 놀려 보려고 작정했던 남학생들은 자기 의도가 통하지 않자 약이 올라서 씩씩대기도 했죠. 비장애 아이들이 뛰어다니고 놀다가 저를 넘어뜨려서 다치면 어떡할 거냐는 걱정도 있었는데 4학년인 친구들은 뛰고 싸우고 난리를 치면서도 제가 앉아 있는 책상 의자 자리는 기가 막히게 뛰어넘거나 피해서 건너가는 등 절대 부딪혀서 제가 다치는 일이 없게 보호해 주었습니다. 다 큰 어른들보다 어린 친구들이 더 배려가 깊었던 거였죠.

주변 사람들의 걱정거리 중에 또 하나가 제 의사소통의 문제였어요. 어눌한 혀 놀림과 짧은 호흡 때문에 으으… 하고 눌리는 목소리가 나는 게 뇌병변 장애인의 특성인데요. 그 말을 비장애 아이들이 알아들을 수 있겠냐는 거였죠. 말이 안 통하면 자연스레 따돌려질 것이고, 소위 말하는 왕따가 되어 고립될 거라는 우려였죠.

처음엔 정말로 비장애 친구들이 제 말을 잘 알아듣지 못했습니다. 하지만 제 짝꿍을 비롯해, 그때만 해도 책상 여섯 개를 붙여서 분단별로 앉고는 했는데 저와 같은 분단이 되어 제 말을 하루 종일 듣곤 했던 아이들은 제 말소리에 익숙해졌고, 수업 시간에 수다까지 떨고 놀다가 선생님께 김민주, 그만 좀 떠들어라잉?! 하는 꾸지람을 들을 정도였답니다.

그렇다고 제 말소리에 대한 콤플렉스가 아예 없어진 건 아니었어요. 수업 시간 때 교과서를 낭독하거나 발표하는 시간이 늘 있었는데 번호대로 돌아가다가 제 차례가 오면 그렇게 긴장돼서 배가 아파 오곤 했죠. 4학년 담임 선생님은 제가 불편해할까 봐 제 차례는 그냥 넘어가 주셨는데 담임이 어느 날 자리를 비우셔서 다른 반 선생님이 수업을 해 주시다가 제 차례가 되자 제게 교과서 낭독을 시키셨습니다. 모든 반 아이들의 시선이 제게 집중이 됐고, 떠듬떠듬 낭독을 마친 저는 이유도 모르게 눈물이 터졌습니다. 엉엉 울어 버렸어요. 창피했던 건지, 해냈다는 안도감인 건지 지금도 그때 제 마음을 잘 모르겠습니다. 그 일이 있고부터 제 발표 차례가 오면 저는 글로써 발표하고 싶은 내용을 작성해서 짝꿍이 대신 읽어 주는 방식으로 가자고 담임 선생님께서 대안을 찾아 주셨어요. 다른 친구가 제 생각을 대신 전달해 준다고 생각하니 사소한 쉼표 하나까지 작성을 하게 되더군요. 그리고 그런 저의 글을 친구가 대신 읽고 표현해 주는 것이 묘한 카타르시스를 느끼게 해 주었습니다.

당시에는 느끼지 못했지만 지금 와서 되짚어 보면 대리 발표문을 작성할 때의 만족감과 외할머니 덕분에 시작한 드라마를 아주 많이 좋아하게 되면서 순수문학보다는 배우가 연기를 해 줄 수 있는 영상 드라마작가를 꿈꾸게 된 듯해요.

교내에서 글 잘 쓰는 사람, 나야 나!

...

작가 활동하는 요즘, 혹평이 담긴 피드백을 받거나 회의하면서 온갖 지적에 만신창이가 되는 날이면 그날 밤 꿈에는 악몽을 꿉니다. 소중하게 생각하는 물건을 눈앞에서 도둑맞아도 휠체어에 앉은 채로 쫓아가지 못하고 동동거리는 꿈, 시험이 바로 오늘이라는 걸 나혼자만 모르고 공부 한 자 안 해서 뒷골이 서늘해지는 꿈 등 악몽의 종류에는 많은 게 있지만, 나 스스로도 어이없는 악몽이 있어요. 바로 교내 백일장 대회가 열렸는데 제가 장려상 하나도 타지 못하고 같은 반 아이들이 '민주 글빨도 이제 다 떨어졌는가 보다.' 하면서 저를 힐끔거리고 수군대는 가운데 제가 당황하고 수치스러움을 느끼는 그런 악몽. 그도 그럴 것이 초등학교 때부터 각종 글짓기 대회, 백일장만 열렸다 하면 제가 아무리 컨디션이 안 좋았다고 해도 장려상은 꼭 탔고, 대개는 최우수상을 석권하곤 했어요.

처음 전학을 가서 상을 탔을 때는 친구들이 신기해했지만 혼자 앉아서 책 읽는 시간이 많은 걸 알고부터는 당연히 글도 잘 쓰는 거라고, 상을 타도 그러려니 하는 분위기가 됐죠. 지금 생각하면 아이들보다 두 살이 더 많았으니 감정을 표현하는 글이 조금 더 성숙할 수밖에 없어서 다소 불공정 경쟁이 아니었나 하는 미안한 마음도 있어요. 아이들은 그 사실을 몰랐지만요. 제가 매번 학기 초마다 담임 선생님께 편지를 써서 부탁드렸던 게 화장실 문제도, 책상 자리 문제도 아니라 제 나이를 밝히지 말아 달라는 것이었거든요. 그렇잖아도 남들과 다른 장애를 가져서 동떨어질 것 같은데 나이까지 다르다면 더욱더 벽이 생길 것 같아 두려웠습니다. 대학에 진학하고 나서야 제 나이를 알게 된 동창 친구들은 나이 어린 동생들이 건방지게 대하는 걸 어떻게 참았냐고 대단하다고 했죠. 그때만 해도 고작 한 살 가지고도 엄청난 어른인 척하는 그런 게 있잖아요. 저는 언니 대접받는 것보다는 비장애 친구들과 진짜 친구가 되는 일이 더 간절했었기에 가능한 일이었어요.

글짓기 대회에서 항상 뛰어난 성적을 보이고 쉬는 시간이면 책을 읽고 있는 제 모습을 보고 선생님들이 민주는 작가가 되면 되겠다고 항상 말씀해 주셨습니다. 거기다 엄마, 아빠는 조금의 욕심을 더 보태 약사 겸 작가가 되면 좋겠다고 하셨죠. 아무래도 작가라는 직업만 갖기에는 배가 고픈 직업이니까요. 아, 물론 그때 여기서 말하는 작가는 순수문학 중 현대시나 현대소설을 쓰는 무명의 작가를 말하는 것이었습니다. 앞으로 메치던 뒤로 메치던 '작가'가 되는 미래에 대해서는 저도, 주변 사람들도 소질이 있고, 장애를 가지고도 충분히 할 수 있는 일이라는데 동의를 했죠. 초등학교 교내 선생님들 사이에서는 제가 소문이 나서 글을 잘 쓰고 작가에 대한 장래 희망이 있다는 걸 안다고 여겼는데, 신기한 건 초등학교를 졸업하고 중학교 배치고사를 보러 갔던 날, 어떤 초면인 선생님께서 제게 다가오시더니,

"김민주, 글 좀 쓰고 있나? 방학이라고 손놓고 있으면 안 된데이. 매일매일 써야 돼."

이러시는 겁니다. 제 이름은 어떻게 아시는 거며 제가 소위 글 좀 쓴다는 아이인 걸 어떻게 아신 건지 의아했습니다. 지금 와서 생각하면 경남 사천이라는 조그마한 동네에서 저 같은 장애 아이가 학교 다니는 건 처음이었으니 초, 중, 고교를 막론하고 저에 대한 말들이 선생님들 사이에서 많이 회자가 되었던 것 같아요.

사실 중학교에 들어가서는 뭔가 새로운 캐릭터가 되어서 수학이라든지 다른 어떤 걸 잘하는 학생이 되어 보고자 했는데, 이미 소문이 날 대로 나 있어서 저는 중학교에서도 빼도 박도 못하고 문예부에 들어가는 걸로 결정이 났어요. 그렇게 중학교, 고등학교에서도 저는 교내 백일장 대회에선 항상 상을 받았고, 일주일에 한 번 문예부 활동으로 글을 손에서 놓지 않았습니다. 글씨 쓰는 속도가 느려서 산문에는 도전하지 못하고 늘 시 창작에만 정진하던 저는 소설에 관심이 생기기 시작했어요. 기승전결이 있어 감정을 증폭시켜 감동을 주는 스토리텔링에 본격적인 관심이 생긴 거죠. 마침 그때 짝꿍도 소설에 관심이 있던 터라 서로 소설을 써서 구독자가 되어 주기로 했습니다. 생애 첫 연재소설을 집필하게 된 거였어요.

그때는 노트북이 제대로 있기를 했나, 타자기가 있나, 그저 노트에 한 자 한 자 꾹꾹 눌러써서 한 편씩 소설을 써서 '다음 회에 계속'이라는 문구를 달며 집필했어요. 구독자는 짝꿍과, 같이 친하게 지내던 친구들 네다섯 명이 전부였지만 평소에 책도 읽는 걸 별로 좋아하지 않던 친구들이 제가 썼다는 이유만으로 호기심을 갖고 읽기 시작했다가 이야기에 빠져서 빨리 다음 편을 내놓으라고, 궁금해 죽겠다는 반응을 보여 오는 게 너무 신기하고 보람찬 일이었어요.

중간고사, 기말고사가 다가오면 공부해야 해서 휴재했는데 그땐 정말 친구들이 미저리가 되어서 저를 재촉하곤 했답니다. 그때부터 저는 이미 '끊기 신공'을 펼치고 있는 작가였습니다.

우물 안 개구리의 슬픔

...

교내에서 글 좀 쓴다고 알려지고 나면 자연스러운 수순으로 따라오는 게 바로 학교 대표로 시의회 주최, 도의회 주최, 나아가 각종 명문대학에서 주최하는 백일장 대회에 참가할 수 있는 자격입니다. 백일장 대회에 나가면 합법적으로 그날 하루 학교를 빠져도 출석 인정을 해 줬고, 선생님들에겐 우리 학교 대표로 전쟁터에 나간 용병과 같은 대우를 받았기에 모든 학생들의 부러움을 사는 일이었어요. 게다가 고등학교 때부터는 본격적으로 대학별 백일장에서 입상하면 학교 명예를 드높이는 동시에 그 대학교 국어국문학과나 문예창작학과 지원 시에 가산점을 부여받을 수 있다는 베네핏 덕분에 해당 학과를 지망하는 학생들 사이에서는 서로 나가고 싶어서 안달이었죠. 그런 귀하디 귀한 기회를 주로 제가 차지하게 되었습니다. 너무 저한테만 집중되는 기회라 생각했는지 학교 홈페이지 익명게시판에 너무 불공정한 게 아니냐 몸 불편한 게 프리패스 카드라도 되냐는 식의 불만 글이 올라오기도 했지만, 그 익명 글 아래 달리는 댓글들이 김민주가 장애 때문이 아니라 글을 우리 학교 학생 중에 제일 잘 써서 그런 거다, 억울하면 글을 잘 써 보든지, 하는 식의 반박 글이 대부분이었습니다. 쓰다 보니 너무 제 자랑인 셋 같아 얼굴이 화끈거리는데요. 아무튼 그렇게 학생들의 질투 어린 시선을 받으며 백일장에 참가했습니다.

그런데 문제는 제가 교내 백일장이 아닌 외부 백일장에만 나가면 상 복이 하나도 없는지 매번 낙방하고 돌아오게 된다는 점이었어요. 대회를 마치고 다음 날 학교에 가면 선생님들과 친구들이 어떻게 됐냐고 눈치 없이 물어오는데 저는 그저 나는 웃지요, 하고 쓴웃음을 짓곤 했습니다. 학교 대표로 내보내 주셨는데 싸움에서 지고 온 국가대표처럼 의기소침해져 그날 하루는 우울하게 수다도 떨지 않고 조용히 수업만 들었어요. 다음에 또 나가서 상 받으면 되지, 하고 위로의 말들도 해 주었지만 저는 그 순간이 지금이었으면 더 좋겠다고 아쉬운 마음을 감출 수 없었죠. 그리고 무엇보다 다른 비장애인 친구들 같으면 혼자서 달랑달랑거리고 백일장 장소로 가서 대회를 치르고 조용히 돌아와 엄마, 아빠, 동생에게는 숨길 수도 있는 일인데, 저는 보호자가 차에 태워서 데리고 가야 하는 휠체어 장애인이다 보니 백일장 대회 참여 과정 그 모든 순간을 엄마와 함께 해야 한다는 게 곤욕이었어요.

어느 날은 이화여대에서 주최하는 백일장 대회에 참가하게 되어 그때 당시 인천에 사셨던 이모에게 엄마가 같이 시간을 보내자고 불러내셨어요. 제가 대회 참가하는 동안 이모와 엄마는 따로 시간을 보내시고, 제가 마치고 난 다음에는 심사 결과가 나오는 동안 이대 캠퍼스를 돌아다니며 구경했죠. 학교가 너무 예쁘고 경사로가 아주 잘 되어 있어 제가 다니기에 참 좋을 것 같다며 이모는 백일장에서 상을 받고, 입학까지 하면 금상첨화라고 엄청 기대하셨죠. 엄마는 이미 제가 백일장 낙방하는 걸 많이 봐 오셨기에 티를 내진 않으셨지만 그래도 내심 이번엔 상을 받지 않을까 생각하는 게 눈에 보였습니다. 시상식이 시작되고 '차하'부터 쭉쭉 높은 상 수상자가 호명되었지만 제 이름은 이번에도 불려지지 않았어요. 백일장에 학생들을 따라오신 부모님들도 휠체어에 타고 있는 저를 보고 특별하다고 생각하셨는지 수상자가 호명될 때마다 저를 주시하는 모습이 보여 더욱 부담이었습니다. 결국 또 빈손으로 서울에서 경남 사천까지 내려왔고, 내려오는 내내 엄마와 저는 아무 말없이 라디오 음악만 흘렀습니다.

또 한 날은 술을 아주 좋아하시는 아빠가 외박을 밥 먹듯이 하셔서 엄마와 대판 싸우셨던 적이 있는데, 그 뒷날이 바로 제가 한양대 백일장에 참가하는 날이었죠. 엄마는 아빠에게 벌을 준다고 저를 데리고 혼자 운전해서 서울에 갔다 오라고 내쳤습니다. 아빠와 함께 참가하는 백일장은 처음이고, 길눈이 어두운 아빠와 네비게이션도 없던 시절에 지도 한 장만 덜렁 가지고 가는 서울 초행길이라 제대로 시간 맞춰서 갈 수는 있을까 싶어 걱정이 이만저만이 아니었어요. 그렇게 전날 숙취 해소도 안 된 아빠와 새벽 5시에 한양대로 향했습니다.

태어나서 그날 아빠와 나눈 대화가 가장 많았던 것 같아요. 정확히 무슨 대화들이 오갔는지는 세월이 워낙 오래되어서 기억나지 않지만, 제가 좋아하는 가수가 '비쥬'라는 것만 알았지 노래 한번 같이 들은 적 없었던 아빠와 비쥬의 앨범을 내리 10시간 동안 저와 함께 들었습니다. 엄마와 함께할 때는 아무리 길을 몰라도 차창 문 열고 지나가는 행인에게 길 묻는 걸 극도로 꺼려하던 아빠가 저를 혼자 책임진다는 생각 때문이셨는지 직접 차창을 열고 한양대 가는 길도 물어보셨고요. 그날 또 비가 왔는데 저한테 비를 안 맞히시겠다고 난생처음 빨리 뛰어다니는 아빠 모습도 봤습니다. 평소에는 엄청 동작이 느리고 느긋하신 분이거든요.

무사히 한양대에 도착한 저는 백일장에 참가하고 시상식이 열렸는데 여느 때처럼 차하, 차상에 제 이름이 불리지 않았죠. 제가 그냥 가자고 했는데 아빠가 더 높은 상일 수 있다고 기다려 보라며 기대를 하는 거예요. 욕심 하나 없다고 생각했던 아빠의 반전 모습에 놀랐고, 드라마처럼 극적으로 상을 타는 반전은 일어나지 않았던, 그런. 모두에게 죄송했던 하루였습니다.

돌고 돌아 결국 다시 '글'

...

중학교 때는 '중2병'이다, 질풍노도의 시기다, 라고들 하는데 생각해 보면 저도 잠시 방황했던 때가 있었어요. 월간 만화잡지 부록 사서 모으는데 빠지고, 좋아하는 가수가 무대를 하는 모습을 안 볼 수가 없어서 금, 토, 일요일 오후에 늘 방송되는 음악방송은 꼬박꼬박 모두 챙겨 보고, 주말이면 친구와 만나 시내로 나가서 옷가게, 문구점, 액세서리점 등을 돌아다니며 쇼핑하고, 드라마, 예능은 모조리 섭렵하고, 세상에 공부 말고 재미난 일들이 너무 많았어요. 그러다 전교 30등이라는 제 인생 최하의 성적을 기록하고 선생님들께 꾸지람을 들었습니다. 자존심은 또 강한 편이라 다시 맘 잡고 공부했지만, 이번엔 또 다른 쪽으로 반항을 시작했죠. 항상 제가 국어국문학과에 들어가서 문학 작가 되는 걸 목표라고 당연히 여기는 선생님들과 부모님께 한의사가 되겠다고 했습니다. 지금 생각하면 불편한 제 손으로 침을 어떻게 놓을 것이며, 수재 중의 수재들만 간신히 들어간다는 한의대를 어떻게 들어갈 거라고 그런 장래 희망

을 품었는지 모르겠어요. 그때 좋아했던 드라마가 전광렬님 주연의 〈허준〉이라서 뜬금없이 생긴 목표였죠. 어른들은 아마도 지나가는 바람이란 걸 알고 우선 공부시키고자 하는 마음이셨는지 무조건 응원을 해 주셨습니다.

결국 고등학교에 진학해서 전국 모의고사로 전국 등수를 알게 된 후 나보다 공부 잘하는 학생들이 수두룩하고, 특히 수학에 별다른 흥미도, 능력도 없는 저라는 걸 깨닫고, 제 꿈은 다시 글을 쓰는 작가로 돌아왔습니다. 대학에서 주최하는 백일장에서 상을 타고 가산점을 받아 입학하고 싶었지만 전국구 백일장에서 상 복이 전혀 없었던 저는, 내신 점수와 수능 점수로 고려대학에 진학했어요. 안암캠퍼스를 지망할 수도 있었지만 문예창작학과를 이중 전공하고 싶은 마음에 그 학과가 있는 조치원 캠퍼스(지금은 세종 캠퍼스라고 바뀌었다고 해요.)에 지원서를 냈고, 면접을 보고 최종 합격했습니다. 애초에 계획했던 대로 국어국문학과와 문예창작학과를 이중 전공하며 정말 하고 싶은 공부만 하는 게 어떤 즐거움인지 처음 깨달았어요. 아, 영어가 필수과목이라서 공부해야 했던 것만 제외하면 말이죠. 같은 과에 진학한 동기들과 선배들이 모두 비슷한 성향이라는 점도 너무 좋았습니다.

국문과 교수님들 중에 장애인이 문학과 대중문화에 미치는 영향과 같은 주제로 스터디그룹을 운영해 책을 집필 중이신 분도 계셨는데 저랑 아주 딱 맞는 스터디 주제여서 자연스레 합류하게 됐고, 스터디는 주로 안암캠퍼스에서 이뤄졌기 때문에 주말이면 서울로 올라가서 논문도 발표하고 학우들과 의견도 나누고 했습니다. 몸은 피곤했지만 너무 재밌었어요.

교수님의 서적 집필을 돕다 보니 저도 책 한 권을 출판하고 싶다는 욕심이 생겼습니다. 제가 중고등학교 다니며 짬짬이 써 두었던, 내면의 감정을 다룬 글들이 있었는데 그 글들을 묶어서 여러 출판사에 투고하고 있던 차였어요. 그때 마침 같은 과 동기가 아는 출판사 지인이 있는데 원고를 모집하고 있다고 생각이 있으면 원고를 달라고 했습니다. 기왕이면 아는 사람에게 제 글을 맡기고 싶었는데 너무 반가운 소식이라 곧바로 제 글을 투고했죠. 투고 결과는 너무 흔쾌히 출간하고 싶다는 출판사의 의견이었고, 일사천리로 책 출간 과정이 이어졌습니다. 출판사 대표님과 팀장님이 조치원으로 직접 내려와 식사 대접도 해 주시고 계약서도 작성했어요. 교정, 교열 과정도 거치고 책의 삽화 선택에 대한 회의를 하다가 차라리 저의 어릴 적 사진과 추억의 물건들을 찍은 사진을 담기로 했죠. 소규모 출판사였다 보니 그에 대한 모든 결과물들을 제가 만들어 내야 했는데 같은 과 선배님 중에 사진을 잘 찍어 주시는 분께서 촬영을 해 주셔서 다행히 책이 잘 만들어졌어요. 원래는 서정적인 책 제목을 썼는데 대중들에게 쉽게 들리는 제목이어야 한다는 출판사 의견에, 노래 제목 중에 하나인 '뛰어라 내 다리야 이 세상 끝까지'라는 제목으로 출간됐고, 표지도 즉각적으로 알아보기 쉽도록 제가 휠체어에 앉아 있는 모습을 쓰게 됐습니다. 그때 당시 『대학내일』이란 대학생 잡지가 있었는데 거기서 표지모델을 할 때 찍었던 사진이예요. 그렇게 첫 번째 책 에세이집이 출간되어 서점 진열대에 깔리고 인터넷 서점에도 업데이트가 되어 있는 모습에 엄청 기뻐했었습니다.

책이 출간되고 나니 그때부터가 시작이라는 걸 처음 알았습니다. 마케팅을 해야 하더라고요. 출판사 측의 소개로 EBS 다큐 프로그램에도 출연하고, 신문사 인터뷰도 하고, 저자 사인회라는 것도 해 보게 됐어요. 가장 기억에 남는 건 사인회였는데, 그때 기억이 10년이 훌쩍 지난 지금도 생생합니다. 영풍문고에서 열린 사인회 장소에 갔더니 서점 내 방송에서 '작가 김민주 님의 사인회가 열립니다. 많은 참가 부탁드립니다.'라는 안내 메시지가 울려 퍼졌는데 마음이 울렁울렁거렸어요. 사인받으러 오는 사람들이 아무도 없으면 어떡하나 했는데 감사한 독자님들께서 줄을 서서 사인을 받아 가셨죠. 그때는 그분들 얼굴과 눈 한 번 마주치지 않고 사인하느라 정신이 없었는데 무척 아쉽습니다. 그때 걸려 있던 제 플래카드, 현수막도 챙겨 오지 못해 아까웠고요. 다시 한 번 더 그런 자리가 생기면 제 독자분들과 한 명 한 명 눈 맞추고 싶습니다. 제 장애보다도 저의 글을 읽어 봐 주시는 감사한 분들이니까요.

시나리오 작가로서의 첫 계약

...

　첫 에세이집을 출간해서 번 원고료로 제가 한 일은 영상작가교육원의 사이버 기초강의 수강권을 끊는 일이었어요. 몇 년이 더 지나서 드라마작가가 될 예정이면 한국방송작가교육원이라는 곳을 다녀야 한다는 걸 알게 됐는데 그때는 잘 몰랐어서 수강했던 강의였죠. 그 강의를 들으면서 영상작법의 매력에 더욱더 빠지게 됐어요. 단편 대본을 습작하면서 본격적으로 극작법을 익혀 갔습니다.

　그렇게 수업을 듣다가 영상작가교육원 게시판에 올라온 구인 글을 하나 발견했는데 '필름있수다'라는 영화사에서 모니터 요원을 뽑는다는 내용이었어요. 평소에 장진 감독님을 엄청 좋아하는 팬이었는데 그 영화사 대표님이 바로 장진 감독님이셔서 저는 곧바로 자기소개서와 함께 지원서를 냈고, 운 좋게 합격했습니다. 모니터 요원의 일은 영화사에서 개발 중인 시나리오를 읽고 장단점을 분석해 피드백해 주는 거였는데 장진 감독님의 작법 스타일도 직접 배울 수 있었고, 다른 감독님, 프로듀서분들이 해 주시는 특강도 들

으면서 시나리오를 디벨롭시키는 방법에 대해 구체적인 실전으로 체득할 수 있었어요. 물론 저 혼자 이동할 수가 없는 처지라서 엄마가 주말마다 태워 주시고 제가 볼일을 보는 동안 영화사 근처인 혜화동을 헤매고 다니셔야 했고, 모니터 요원들끼리 회식이라도 할라치면 계단이 없고, 엘리베이터가 있으며, 좌식이 아닌 입식 테이블이 있는 식당을 찾아야 하는 민폐도 끼쳤습니다. 그때 만난 필름있수다 스태프분과는 지금도 페이스북 친구로 인연을 맺고 있을 만큼 저에게 편견 없이 아주 잘 대해 주셨어요. 장애인 차별이 난무한 한국 사회에서 그래도 영화판은 예술을 하는 사람들이니 열려 있고, 깨어 있는 사고방식을 가졌다는 걸 알게 된 후 저는 영화 시나리오 작가 일도 재밌겠다는 생각이 들었습니다. 모니터 요원 활동이 끝나고 얼마 지나지 않아, 저는 아주 안타까워서 잠을 설쳤던 소식을 듣게 됩니다.

저는 막 스케일이 크고 갈등이 어마무시하고 스펙타클한 스토리보다는 작고 아기자기한 감정선 중심의 스토리텔링을 더 좋아했는데, 그런 제 취향에 일본 드라마, 일본 영화가 아주 딱 맞았어요. 일본 드라마 중에는 장애인이 주인공인 작품들이 꽤 많이 있었는데 그 당시 제가 정말 좋아하는 드라마인 '사랑 따윈 필요 없어, 여름'이었습니다. 이 작품이 만약 우리나라에서 리메이크가 된다면 꼭 제가 써 보고 싶다는 생각을 하고 있었죠. 그런데 이 작품이 벌써 디벨롭에 들어갔다는 언론 기사를 발견하게 된 거예요. 너무 아까운 마음에 검색에 또 검색을 거듭하다가 리메이크 제작을 맡은 영화사를 알게 됐고, 저는 영화사의 공식 메일주소로 무작정 이메일을 보냈습니다. 제가 너무나도 좋아하는 작품인데 아직 시나리오 개발 중이라면 꼭 참여할 수 있게 해 달라는 내용이었어요. 무식하면 용감하다는 말이 바로 그때였습니다. 저의 간절함이 통했던 건지 저의 이메일은 그 영화 담당 프로듀서에게 전달이 됐고, 답장이 왔어요. 아쉽지만 시나리오는 이미 마무리가 된 상태이고 배우 캐스팅까지 진행된 상태라고, 나중에 VIP 시사회 때 연락을 주면 초대해 드린다는 내용이었습니다. 그래요. 사실상 거절의 의미를 담은 인사성 멘트에 불과했죠. 하지만 저는 이 인연의 끈을 놓지 않고, 몇 달이 지나 시사회가 열린다는 언론 기사를 보고, 곧바로 그 담당 프로듀서에게 이메일을 다시 보냈어요. 약속하신 대로 초대를 해 달라구요. 지금 생각하면 아주 맹랑했던 이십대 초반 아가씨였어요. 직원에게 말해 두겠으니 몇 시까지 와서 표를 달라고 하면 줄 거라는 말을 믿고 저는 엄마와 서울로 향했습니다. 프로듀서분의 말대로 저와 엄마는 자리 안내를 받아 앉아서 영화를 관람했습니다. 제가 참여하지 못해 쓰린 마음을 부여잡고 말이죠. 그런데 영화가 끝나고 나올 때까지도 프로듀서분의 얼굴을 뵐 수가 없었고, 저는 왠지 무시당하고 있다는 생각이 들었어요. 이대로는 그냥 갈 수 없다는 마음이었는데 상영관에서 나오니 영화를 찍으신 이철하 감독님이 서 계신 모습이 보였습니다. 저는 엄마에게 휠체어를 밀어서 그 감독님 앞에 데려다 달라고 했고, 감독님은 휠체어를 타고 갑자기 들이대는 여자애의 등장에 무척 당황하셨는데 저는 저의 명함을 드리고 작가

를 꿈꾸는 학생이라고 인사한 뒤에 집에 돌아왔어요. 그리고 감독 님의 이메일로 그때 잠시 뵀던 학생인데 제가 쓴 시나리오를 읽어 주실 수 있는지 부탁을 드렸습니다. 시나리오를 잘 받았다는 감독님의 답장이 도착한 이후 한 달이란 시간이 흘렀고 저는 그 시간을 거절의 의미로 받아들이고 포기 상태였어요.

　그런데 한 달 만에 도착한 감독님의 연락은 같이 시나리오 작업을 해 보자는 내용이었습니다. 그때 싸이더스FNH라는 영화제작사였는데 우리나라에서 손꼽히는 대형영화사라 더욱 가슴이 뛰었습니다. 지금 생각해 보면 각본으로 들어가는 건지, 각색으로 들어가는 건지, 아무것도 모르는 채 급박하게 이뤄졌던 계약이었어요. 아무리 공모전 당선 이력도, 경력도 없는 작가였다지만 심하게 소박한 계약금을 받고 시나리오 작업에 참여했어요. 이것도 지금 생각해 보면 정식 시나리오 작가라기보다는 시나리오 내용에 휠체어를 타는 여고생이 등장했는데, 그 캐릭터를 위한 롤모델이랄까, 참고자료용으로 제가 필요했었던 것이지 저의 글솜씨가 필요했던 건 아니었습니다. 그래도 제가 제 스스로 따낸 시나리오 첫 계약이라 그때의 기분을 생각하면 정말 지금도 뛸 듯이 기쁜 감정을 고스란히 느낍니다.

드라마작가 지망생, 이제 4년 차

...

누군가 작가를 지망한 지 몇 년 차냐고 물어온다면 저는 대학교 1학년, 즉 스물두 살 때부터라고 치고 숫자 계산에 들어가곤 해요. 사실 작가를 꿈꾸기 시작한 건 초등학교 때부터지만 실질적으로 노력하고 영업을 뛴 건 대학교 1학년부터였거든요. 대학 4년도 빼라는 사람들이 있지만 저는 그때만큼 열정적이었을 때가 또 없어서 도저히 뺄 수가 없습니다. 대학교 때는 그야말로 무식해서 용감했었어요. 배우들이 프로필을 돌리듯이 저도 명함과 대본을 프린트해서 방송국을 찾아가 피디분들에게 돌려 볼까 하는 생각까지 할 정도로요. 우선 공모전 당선으로 스펙을 쌓는 게 더 먼저가 아니냐고요? 맞습니다. 맞아요. 드라마작가가 되는 제일 빠른 방법은 방송 3사에서 매년 주최하는 극본 공모전에 당선이 돼서 인턴 작가를 하다가 피디에게 발탁이 되어 같이 대본을 디벨롭하는 것. 그게 제일이라는 건 이미 알고 있었습니다. 하지만 그게 말처럼 어디 쉽나요? 4년 동안 극본 공모전에 응모했지만 매번 낙방했죠. 학창 시절 때의 악몽이 다시 떠올랐어요. 나는 학교 내에서만 글 잘 쓰는 사람이지 전국으로 나오면 힘을 잃어버리는 우물 안 개구리라는 생각에 잠시 좌절도 했습니다.

그런데 무슨 배짱인지 모르겠지만 저는 속도가 늦어서 그렇지 언젠가는 성공할 사람이라는 신념이 늘 있었고, 지금도 그 신념엔 변함이 없습니다. 대신 공모전에만 목숨을 걸고 싶진 않았어요. 작가 지망생 카페 등에서 본 글에 의하면 꼭 공모전이 아니더라도 다른 루트를 통해서 충분히 작가 데뷔를 할 수 있다고 했거든요. 그래서 무작정 습작을 많이 하고 총알을 많이 만들어 놓은 뒤에 제작사 사람들에게 많이 읽힌 다음 선택받자, 마음먹었습니다. 보여 주고자 하는 사람들이 있다고 생각하니 일단 시나리오는 술술 잘 나왔고, 하고 싶은 이야기들도 넘쳐났어요. 시나리오가 나온 다음엔 이런저런 루트로 인연을 맺게 된 영화사 피디분들에게 검토를 부탁드렸죠.

작가가 제일 처음 작품을 쓸 때는 자기 이야기를 맨 처음 쓴다고들 하더니 저 역시도 그랬습니다. 몸 불편한 장애인이 등장하는 이야기를 주구장창 쓰게 됐어요. 아마 제일 잘 아는 이야기이다 보니 그럴 수밖에 없었던 것 같습니다. 이런 저의 작품 소재에 대한 평가는 두 가지로 나뉘었어요. 한 가지 부류는 저의 장애를 상품으로 이용하려는 사람들. 나머지 한 가지 부류는 장애인 이야기밖에 쓰지 못하는 작가라고 평가절하부터 해 버리는 사람들. 두 가지 부류 모두 다 제가 원하는 그런 그림은 아니었습니다. 제 글이 아닌 저의 장애에만 초점이 맞춰진 평가였기 때문이었죠. 역시 공모전만이 정

노희경 작가님과 함께

답인가 하는 마음이 들기 시작했습니다. 하지만 공모전은 응모할 때마다 낙방하는 제 징크스가 어디 가지 않았어요. 저의 자존감은 바닥을 치며 내려가고 있었습니다.

그즈음이었을까요. 문예창작학과에서는 매 학기 끝마다 유명한 작가님을 초대해 특강을 받고는 했는데 바로 기다리고 기다리던 노희경 작가님이 초청되어 오시기로 한 거였죠. 드라마작가 중에 이름난 작가님이고 거의 모르는 사람이 없을 정도로 대작가님이신 노희경 작가님이 오신다는 소리에 따로 자리를 마련해 잠시 5분 만이라도 만나 뵐 기회가 없을까 했는데 마침 수업해 주시는 문창과 교수님 중에 한 분이 노희경 작가님과 고교 동창생이셔서 그 인연으로 특강을 와 주시는 거라는 말을 듣게 됐습니다. 저는 그 교수님께 따로 부탁을 드려 노 작가님께서 특강에 들어가시기 전 교수님 연구실에 들르시기로 한 시간을 틈타 노 작가님을 만나 뵙기로 했어요.

드디어 시간이 됐고, 저는 떨리는 마음으로 문창과 교수님 연구실을 찾아갔습니다. 특강 시작 20분 전에 노 작가님이 도착하셨고, 저는 교수님의 주선으로 노 작가님께 인사를 드렸어요. 드라마작가가 꿈인 학생인데 뜻대로 잘되지 않아 마음을 태우고 있다는 말에 노 작가님은 많이 힘든 거 안다고 백 프로 공감해 주셨죠. 그리고 제가 소질이 있는 건지 없는 건지 작품 검토를 좀 부탁드린다는 말에 노 작가님은 흔쾌히 전화번호와 주소를 알려 주시며 작품을 보내 보라고 하셨어요.

그날 집에 돌아온 저는 바로 단막 대본을 프린트해서 작가님의 집 주소로 우편을 부쳤고 약 한 달이란 시간이 흐른 후 작가님은 대본 첨삭과 함께 핸드폰으로 전화를 주셔서 아주 긴 시간 저의 이야기를 들어주셨습니다. 결론은 제가 너무 성급하다는 것이었어요. 아직 이십대 초중반밖에 되지 않은 나이에 너무 급하게 서두를 것 전혀 없다고, 멀리 보고, 평생 할일이라 생각하고 느긋하게 마음먹으란 조언과 함께 마음공부를 하라시며 법륜 스님의 강의를 들으러 오라고 초대해 주셨죠. 그 후로 저는 많은 것을 내려놓고, 언젠가는 되겠지, 하는 마음가짐을 갖게 됐어요. 설사 끝끝내 이루지 못한 꿈이라고 해도 평생 제가 좋아하는 글을 쓰며 살았으니 꽤 즐겁고 만족할 만한 인생이었다는 생각이 들 것 같아요. 그래도 그때는 이렇게 많은 세월이 필요하게 될 줄은 몰랐습니다. 고작 4년째 작가 지망생 시절을 보내면서 그렇게 안달복달했다니. 17년째인 지금에 와서 돌이켜 보면 아주 귀여워서 눈물이 날 지경이예요.

주제 파악과 열등감 사이

...

노희경 작가님과의 인연이 닿은 후 급한 생각을 조금 자제하게 된 저는 다시 공모전 준비와 습작 쌓기에 열을 올렸어요. 그리고 작가 커뮤니티 카페에 올라오는 작가 구인 글을 보고 지원하기 시작했죠.

여기에서 하나 문제가 발생했습니다. 바로 저의 장애. 장애에 대해 미리 밝히느냐, 뽑히고 난 다음에 장애를 밝히느냐, 그것이 문제였어요. 우선 저는 치기 어린 마음에서였는지 미리 밝히는 편을 택했습니다. 자기소개서에 저는 뇌병변, 지체장애가 있어 휠체어를 타고 다니고 그로 인해 말하는 것도 어눌하다는 사실을 미리 고지하고 난 다음에 저의 작품 세계에 대해 설명했어요.

그런데 이렇게 미리 밝히고 나니 그 전에 장애를 밝히지 않고 지원서를 냈을 때보다 서류 통과가 되어 연락이 오는 빈도수가 현저하게 낮아졌다는 거예요. 저의 피해의식 때문이 아닐까 싶어서 직접적인 수치로 따져 보았는데도 그것은 사실이었습니다. 그래서 혹시나

싶어 장애를 숨기고 다시 한 번 작가 모집 구인 글에 지원을 해 봤는데 떨어졌던 곳에서 모두 연락이 오는 것입니다. 남의 얘기인 줄만 알았던 '차별'을 직접 경험하게 된 때였어요. 하지만 장애를 끝까지 숨길 수가 없는 게 면접을 보러 오라고 하면 건물에 엘리베이터가 있는지, 건물 입구에 턱이나 계단은 없는지 컨디션을 체크해야 했기에 끝까지 장애를 숨길 수 없었죠. 결국 저의 장애 사실을 알게 된 제작사 사람들은 당황스러워하는 반응이 역력했습니다. 그들의 이런저런 핑계로 없던 일로 무산이 돼 버리곤 하는 면접 일정에, 저는 두 번 상처를 받을 수밖에 없었어요.

그래서 제가 선택한 최선의 방책은 우선 장애에 대해 말하지 않고 작가 지원을 한 다음, 서류통과 문자나 면접을 보러 오라는 연락이 왔을 때, 어눌한 발음으로 인해 통화가 좀 어려울 수 있다는 걸 넌지시 밝히고, 그다음에 휠체어를 타고 다니니 건물 컨디션 체크가 필요하다는 점을 알리는 것이었습니다.

작전을 그렇게 바꾸고 나니 작가 지원을 하면 백발백중 연락이 왔어요. 저의 글 실력은 다른 사람들과 비교했을 때 뒤지지는 않는다는 사실의 반증이라고 생각했습니다. 서류를 통과시키고 난 뒤에 저의 장애 사실을 알게 된 제작사 사람들은 의외라는 반응이었어요. 그즈음에 저는 더욱 의도적으로 장애인이 소재인 작품을 배제하고 여러 가지 분위기의 이야기를 창작하는데 집중하고 있었거든요. 장애인이라고 하면 대개 집에만 틀어박혀 있고 자기만의 세계에 갇혀 세상을 보는 시야가 좁고 얕다고 생각하게 되는데 제가 쓴 글

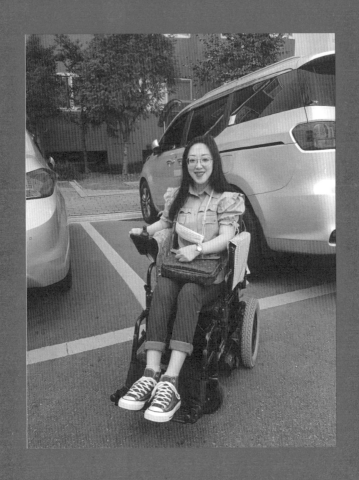

에서는 작가가 몸 불편한 장애인일 거라는 생각은 들지 않았다고 했습니다. 분위기도 아주 밝고 통통 뛰는 로맨틱코미디에서부터 아주 어둡고 딥하고 침울한 느와르, 호러 같은 작품까지 가리지 않고 습작해서 포트폴리오로 지원을 했기 때문인지 한 가지만 잘 쓰는 작가가 아니라 다방면으로 쓸 수 있는 작가라는 걸 어필할 수 있었어요.

그러다 한 가지 의문이 들었습니다. 학창 시절 백일장에선 왜 상 한번 탄 적이 없었던 걸까. 객관적인 눈으로 분석을 해 보니 저는 단시간에 써내야 하는 순발력적인 면에서 다소 뒤떨어지는 성향을 보였어요. 이런 생각을 하면 열등감이라고들 하지만 저의 장애와도 무관하지 않은 인과관계라고 생각합니다. 장애가 있는 저는 항상 속도에서 밀리는 경향이 있는데 그로 인해 사고하는 프로세스도 남들보다 느리고 심사숙고하는 편입니다. 그래서 백일장 예선전 같은 경우는 집에서 혼자 고민해서 제가 원하는 속도로 원고를 작성하기에 질 높은 글을 써내지만 막상 백일장 대회가 열려서 3시간 이내에 글을 완성해야 하는 실전에서는 순발력이 떨어져 제대로 된 글을 지을 수가 없었던 거죠. 적어도 제가 스스로 분석한 저의 문제점은 그러했습니다.

하지만 드라마작가 공모전은 시간이 정해진 것도 아닌데 그럼 왜 떨어지는 건가, 두 번째 의문이 들었습니다. 이 의문도 첫 번째 의문에 대한 해답을 접목해 보면 쉽게 답이 나왔어요. 저는 공모전 날짜가 딱 뜨면 그 일정에 맞춰서 마치 백일장 대회에서 글을 써내는 방식과 마찬가지로 마음속에 카운트다운을 하면서 대본을 쓰는 습관이 있었습니다. 그러니 자연스레 퇴고할 시간은 없고 바로 즉석에서 대본을 써서 제출하는 거와 별반 다를 바가 없는 형식이었어요. 시간에 쫓겨서 순발력에 의존한 채로 대본을 써서는 경쟁을 할 수 없는 질 낮은 원고만 나올 뿐이었습니다. 그 후로 저는 공모전 일정과는 상관없이 저의 페이스대로 자율적인 원고 집필에 들어갔고, 작품을 비축해 놓은 다음에 공모전 일정과 형식이 뜨면 그에 맞게 원고 분량을 재수정하여 응모하게 됐어요. 그러니 적어도 예선 탈락하는 경우는 횟수가 점점 줄어들었고, 최종심에 들었다는 연락을 자주 받게 됐습니다.

대학교 4학년 때는 대학생들만 상대하는 문화콘텐츠진흥원 주최 창작기획안 공모전이란 게 있어서 습작해 놓은 시나리오를 다듬어 응모했는데, 높은 수준의 상은 아니라 격려상에 준하는 상이었지만 수상 연락을 받았어요. 학교 교내 상이 아닌 전국구에서 받은 첫 번째 아니, 두 번째 상이었죠. 첫 번째는 초등학교 때 동아일보에서 열린 초등학생 대상 신춘문예상에서 최우수상을 받은 거였고요. 저의 문제점이 뭔지 분석하고, 열등감과의 싸움에서 이겨 낸 결과라 더욱 기뻤던 상이었습니다. 그렇게 저는 작가로 한 발 더 다가가고 있었죠.

지방살이와 장애는 옵션, 무명작가의 서러움

...

비록 대학생 한정으로 제한된 공모전에서 고작 격려상에 불과한 상이었지만 그 상을 받고 나니 적어도 글쓰는 일을 그만두지는 않아도 되겠다는 자신감을 북돋았습니다. 더욱 박차를 가해 글쓰는 일에 몰두했죠. 그러다 보니 대학교 학업이 너무 불필요하게 느껴졌어요. 문창과와 국문과에서 배우는 모든 교육 과정들도 모두 현학적이고 철학적이라 뜬구름 잡는 이야기 같았습니다. 더욱이 제가 들어간 대학교의 졸업 필수요건이 영어 토익점수를 일정 수준 이상까지 따야 했는데 영어 공부해야 하는 시간이 너무 아까웠어요. 이 시간이면 책을 몇 권을 더 읽고, 드라마, 영화 몇 편을 더 볼 수 있는 시간인데 하는 맘이었습니다. 게다가 제 성격상 재미없는 일을 하면 능률도 그렇게 썩 좋지 않은 스타일이라 토익점수도 뜻하는 만큼 쑥쑥 오르지 않았습니다. 많은 갈등 끝에 저는 대학교를 그만두기로 했습니다. 4학년 2학기까지 학점을 모두 채운 상태였고, 딱 영어점수만 모자란 상황이었죠. 1년만 딱 더 학교 다니며 영어 공부에만 매진했다면 졸업장을 땄을 거예요. 하지만 저는 취업에는 정말 아무 뜻이 없었고 글만 쓰며 살아가기로 작정을 한 터라 부모님의 아쉬움을 한가득 안고 학교를 그만뒀습니다. 아직까지도 부모님은 졸업장을 못 딴 게 너무 아깝다시지만 저는 별로 아까운 생각은 들지 않습니다. 만약 학교 간판을 보지 않고 서울예대 문창과를 다니는 거였다면 정말 열심히 졸업장을 따려고 노력했겠지만 말예요.

학교를 그만두기 전에 저는 대학생으로서 누려 볼 수 있는 활동 기회들을 모두 잡아 보고 싶었습니다. 자퇴를 하기 바로 전 학기 방학 기간 때 저는 정말 별의별 활동을 다 해 봤어요. 검찰청 대학생 기자단에 합격해서 검찰청에 가서 청장님도 만나 봤고요. 청와대 관람 코스가 있어서 청와대에도 들어가 봤어요. 또 국회의원 대학생 보좌관에 합격해서 국회에도 들어가 보고, 장애인 관련 입법을 발의해서 국토부에 정식으로 입법도 시켰습니다. 각종 서적 서평단에서 합격해서 무료로 제공되는 책들을 마음껏 읽어 대기도 했고요, 우리나라 최고라는 광고회사에 들어가서 카피라이터 교육도 받아 보고요, 문화체육관광부 대학생 기자단에도 서류 통과를 해서 점심 제공도 받으며 면접도 봤어요. 비록 탈락의 쓴맛을 보긴 했지만요. 이렇게 여러 가지 활동을 하고 나니 세상을 보는 눈도 커지고, 하고 싶은 말들도 많아져서 작품으로 쓰고 싶은 이야기들이 넘쳐나기 시작했습니다. 저는 이 아이디어들을 놓치지 않고 하나하나 다 소재거리로 기획해 두었어요. 달랑 한두 줄짜리 로그라인이라도 말이죠.

습작을 다양하게 준비해 두니 어느 장르의 작가를 구하는 공고

든지 지원할 수 있어서 좋았고, 지원하는 족족 낚시 바늘에 물고기가 걸려들 듯 연락이 왔어요. 하지만 제겐 두 번째, 세 번째 관문이 남아 있었죠. 우선 이동이 자유롭지 못한 지체장애인이라는 점과 전화 통화가 다소 어려울 수 있는 소통의 어려움, 게다가 대학 졸업 후에 외가댁과 남동생이 다니는 대학교가 있는 대구로 거주지를 옮겼는데 주로 서울에 위치한 제작사들이 많기에 지방인이라는 이미지가 더욱 불통의 이미지를 만들었나 본지 소통의 어려움을 주 이유로 작가 지원에서 탈락시키곤 했습니다. 제겐 저의 장애도 장애지만 지방에 산다는 점에서 한 가지 장애물이 더해진 거였어요. 그래도 글만 잘 쓰면 된다, 아무리 아프리카 오지에 사는 장애인이라고 해도 필요한 작가라면 찾아오고도 남는다는 가치관으로 저는 버텼습니다. 아니, 사실 서울, 경기 쪽으로 이사할 경제적 여유가 없었으니 선택의 여지가 없었죠.

어떤 사람들은 실제로 저한테 이루지 못할 꿈이라고 힐난하는 분들도 있었는데, 제가 지방에 사는 것과 저의 장애가 드라마 대본을 쓰는데 무슨 상관이 있나 싶어 어리둥절했어요. 지금은 왜 그런 말을 들었는지 이해가 가긴 합니다. 그래도 정말 저의 신념대로 저를 필요로 하고, 제 글을 맘에 들어 하는 제작사 분들은 먼 길을 마다하지 않고 대구로 찾아와 미팅을 하고 가시곤 했습니다. 저의 습작품을 읽은 피디나 감독 분들이 피드백을 해 주시면 대본의 '대'자도 모른다는 둥, 아직 대본 쓰는 연습이 많이 필요하다는 둥 혹평을 하는 분이 계신가 하면, 정반대로 너무 잘 쓴다, 아직 운 때가 안 맞아서 데뷔를 못하고 있을 뿐이라고 방송만 되면 화제가 될 작품이라고 극찬을 하는 분도 계셨어요. 그중에 30% 정도는 읽고도 회신을 안 주시는 것으로 답변을 대신하셨고요. 반응들이 너무 극과 극이다 보니 어느 장단에 맞춰야 하나 많이 갈등했지만 결국 제가 좋은 대로 해석했어요. 수학 말고는 답이 딱 떨어지는 일은 없다, 내 대본이 취향에 맞는 분과 맞지 않는 분들로 나뉠 뿐이다, 나는 나의 길을 잘 가고 있다, 이렇게요. 나중에 내가 성공했을 때 두고 보자, 복수할 거다, 하는 유치한 생각도 같이 말이죠. 피드백을 아주 정성 들여서 신 바이 신 구체적으로 해 주시는 분들은 정말 감사했습니다. 제 글의 문제점이 무엇인지 알아 가며, 그렇게 저는 하나하나 배워 가는 중이었어요.

내가 친한 언니 해 줄게요

...

　부모님들과 친구들이 제게 하는 말이 맨날 집에만 있는 애가 어떻게 제작사 사람들과 연락이 되어서 일을 따내냐고 신기해하곤 해요. 제가 가만히 앉아서도 일거리를 찾는 방법은 바로 SNS를 활용하는 거예요. 특히 페이스북 같은 경우는 프로필란에 소속도 적혀 있고, 그 사람의 지인들까지 자동 추천이 되어서 인맥 넓히기에 아주 좋죠. 그 사람들에게 무작정 저를 소개하고 대본을 좀 검토해 줄 수 있으시냐고 다이렉트 메시지를 보내는 것입니다. 작가가 얼마나 용기를 쥐어 짜내서 보내는 메시지인지 잘 아는 피디님, 감독님, 제작사 대표님들은 흔쾌히 메일 주소를 알려 주시고 대본을 봐주겠다고들 하셨어요.

　이와 같은 방식으로 많은 분들을 알게 됐는데 그중 기억에 남는 회사는 바로 M 모 제작사입니다. 좋은 기억이라면 좋겠지만 그리 좋지 못한, 신인 작가로서 서러움을 느끼게 해 준 회사예요. M 모 제작사의 대표님은 제가 다닌 대학교의 아주 오래된 선배님이셨는데 학교의 인연으로 인사말을 나누다가 계약까지 일사천리로 이뤄졌어요. 그때도 아직 미숙했던 점이 드라마작가는 회당 얼마, 이렇게 계산해서 계약금을 받는데 그걸 알지 못했던 저는 월급으로 얼마를 주겠다고 하는 형식이 원래 그런가 보다, 하고 덜컥 계약하게 됐습니다. 계약하기 전에는 저의 아이템과 시놉들을 검토하고 당장 제작에 들어갈 것처럼 대구까지 찾아와서 디벨롭을 하고는 했는데, 계약하고 나니 대우가 달라지기 시작했어요. 다른 작가님들이 쓰신 기획안과 대본을 읽고 분석 피드백 보고서를 작성하라는 지시가 떨어졌습니다. 기획 피디분이 처음 회사에 들어오는 작가님들은 다 하는 연습 과정이라는 말에 참고 열심히 대본 모니터링을 해 드렸어요.

  하지만 시간이 가도 제 글을 쓰라는 지시는 떨어지지 않았습니다. 제가 답답해서 혹시 공모전에 대본을 출품해도 되냐, 웹소설을 쓰고 싶은데 해도 되냐 등등의 요구를 하자 회사 입장에서는 당황스러운 작가의 행보라면서 아무것도 하지 못하게 하고 여전히 다른 작가님 작품 모니터링만 시켰죠. 제가 하도 답답하다고 난리를 치니 그럼 시놉을 한번 써서 내보라고 했어요. 그렇게 제출한 제 시놉을 보고 이건 드라마라고 할 수 없다, 기본기가 안 되어 있다면서 계속 수정작업을 시켰습니다. 중요한 것은 대본이 아니겠냐고 대본을 써서 보여드리겠다고 하니 작가가 되는데도 엄연히 절차라는 게 있고, 통과가 되어야 그다음 단계로 갈 수가 있는데 그걸 무너뜨리려고 한다고 저를 나무랐어요. 결국 계약기간인 1년을 채우고 재계약 시기가 되어 면담을 나누다가 어디 한번 다른 데 가서 작품을 보여 줘

봐라, 인정해 주는 곳이 있는지, 하는 식의 발언을 듣고 저는 너무 자존심이 상해 버렸고, 재계약은 하지 않겠다고 했습니다.

월급은 꼬박꼬박 밀리지 않고 지급을 해 주서서 안정적인 생활을 할 수 있었지만 언제까지 다른 작가님 작품 모니터 요원으로 활동해야 하는 건지 앞이 캄캄했기 때문에 저는 다시 야생으로 나오겠다는 결심을 한 거죠. 마지막으로 서로의 입장 차를 얘기하면서 언성을 높였는데 억울해서 그렇지 않아도 잘 나오지 않는 발음이 꽉 막혀 안 나오는 말을 억지로 내뱉으며 두고 보자는 식의 선포를 하고 나왔습니다. 그날따라 수원에서 직장을 다니는 남동생까지 서울로 와서 어머니랑 다 같이 외식을 했는데 속상한 마음을 감추고 아무렇지 않게 웃느라 아주 혼이 났어요. 모르는 척 연기했지만 남동생과 어머니도 제 표정을 읽었는지 재계약 안 하기로 했냐고 물었고, 저는 그렇다고 했습니다. 같이 일할 제작사는 차고 넘친다며 허세를 부렸는데 차오르는 눈물을 참느라 무진 애를 썼죠.

그렇게 M 모 제작사와 이별을 하고 저는 다시 작가 지망생으로 돌아갔습니다. 그때쯤 저는 텔레비전과 언론에 자주 오르내리는 김은숙 작가님이 무척 부러웠어요. 그 작가님은 대체 무슨 복을 타고 나서 그렇게 승승장구하실 수 있는지, 그 기운을 조금이라도 받고 싶었습니다. 은숙 작가님과는 그로부터 몇 년 전에 트위터라는 SNS를 통해 서로 알게 됐어요. 너무 답답했던 제가 될 듯 될 듯 되지 못하는 작가 지망생 생활이 힘들다고 하소연을 했는데 은숙 작가님께서 "내가 친한 언니 해 줄게요." 하면서 힘내라는 답글을 달아

주셨는데 얼마나 그게 힘이 됐는지 모릅니다. 은숙 작가님은 노희경 작가님과는 조금 다르게 엄청 직설적인 성향이시라 M 모 제작사와의 일을 하소연하니 재밌는 대본 써서 성공하는 걸로 복수하라는 뉘앙스로 위로를 해 주셨습니다.

그 후로 다음 챕터에서 자세히 이야기하겠지만 M 모 제작사에게 보여 주라는 하늘의 계시인 듯 방송사 공모전은 아니라도 드라마 작가 지망생들 사이에서는 꼭 당선되고 싶어 하는 꿈의 공모전에 당선 연락을 받게 되어 아주 묵은 체증이 내려가는 기분을 느꼈더 랬어요.

그사이에도 많은 일들이 있었는데 어느 영화감독님께서 독립영화를 준비한다고 각색을 맡기셨죠. 열악한 독립영화 제작환경 잘 아시죠? 각색료로 처음엔 100만 원을 받는 걸로 하고 계약했는데 결국 중간에 어려운 사정 얘기를 토로하셔서 50만 원에 거의 재능기부 한다는 생각으로 각색했어요.

또 어느 영화감독님은 엄청 소통을 중요하게 생각하시는 분이라 매일매일 저의 작업량을 꼬치꼬치 체크하려고 하시는 바람에 저와 작업 스타일이 맞지 않고 부담이 되어 두 달 월급만 받고 그만두기도 했습니다. 그래도 자존감이 무너지진 않았어요. 은숙 언니 때문에요. 언니라 부를 수 있는 동료 작가님(이미 스타 중의 스타 작가님이시지만)이 있다는 거, 정말 힘이 되는 일인 줄 그제야 알았습니다.

이젠 날아오를 때다

...

그즈음이었을까요, CJ ENM에서 사회공헌사업 중에 하나로 드라마, 영화작가를 선발해서 교육시켜 주고 직접 제작사에 매칭시켜 주어 데뷔까지 책임을 진다는 파격적인 조건으로 '오펜' 공모전이라는 게 있었어요. 그 전해부터 시작된 공모전이었는데 그때는 제가 M 모 제작사에 발목이 잡혀 공모전이고 소설이고, 대본이고 제 의지로 할 수 있는 일이 하나도 없어서 응모하지 못했죠. 제작사와도 이별하고 어디 묶인 곳도 없어서 오펜 공모전에 지원했습니다. 가지고 있던 습작품 단막을 탈탈 털어서 모조리 냈습니다. 스무 편 가까이 되는 편수였는데 이 많은 작품 중 하나만 걸려라 하는 마음이었죠. 그 후로 공모전에 응모했다는 사실조차 잊고 있었어요. 이제껏 응모했던 공모전에서 항상 떨어지는 일이 다반사였기 때문에 그때도 솔직히 별 기대는 없었습니다.

저는 주로 밤 작업, 새벽 작업을 많이 하는 작가라 오후 늦게야 천천히 기상을 하는 루틴이 있었는데, 그날도 낮 12시가 넘도록 침대에 누워 있는 상태였죠. 시간을 확인하려고 핸드폰을 들여다보는데 부재중 전화와 함께 문자가 한 통 도착해 있었습니다.

오픈 공모전 관계자입니다. 당선 관련으로 전화 드렸는데 부재중이시라 문자 남깁니다. 연락 바랍니다. 하면서 전화번호가 적혀 있었어요. 저, 대신 통화를 해 주곤 하는 엄마를 급하게 불러서 통화를 하라고 부탁했어요. 제가 이야기하지 않았기 때문에 공모전에서의 연락인지 뭔지 전혀 모르는 상태에서 통화를 하게 된 엄마는 제 말을 바로 통역해 주는 식의 통화를 시작했고, 그렇게 오픈 공모전 최종 당선 연락을 받았습니다. 끼약 환호성을 지른다는 걸 몸소 체험했어요.

통화를 하며 오픈 측과 의논을 한 건 두 가지였는데 먼저 워크숍을 1박 2일로 가야 하는 걸로 아는데 저는 혼자 갈 수 없는 처지라 엄마와 함께 참석해도 되는지, 나머지 하나는 공모전에 응모해 놓고 발표일까지 6개월가량의 기간이 있었는데 그동안 제가 또 다른 제작사와 계약을 해서 결격사유가 되지 않을지에 관한 것이었어요. 둘 다 양해해 준다는 동의를 받고 최종 당선이 됐습니다.

오픈 공모전 당선 사실을 SNS에 게시물로 올렸더니 저와 페이스북 친구를 맺고 있던 M 모 제작사 대표님이 게시물을 보셨고, 저의 당선 소식은 M 모 제작사에 널리 널리 퍼졌습니다. 제 담당 기획 피디님이 연락을 주셔서 축하한다고, 그렇게 상처받고 나가신 게 마음에 걸렸는데 본때를 보여 주셔서 대단하다는 말을 전했어요. 꼭 그 제작사에 보여 주려고 고군분투를 했던 건 아니지만 결과적으로

그렇게 됐다는 사실에 참 기분이 뿌듯했습니다. 대학교 때 대학생 대상으로 열린 전국구 공모전에서 받은 첫 번째 상 이후로 딱 10년 만이었어요.

오픈 오리엔테이션에 참석해서 수상하고 '작가님' 호칭을 들으며 앞으로 1년간의 활동 일정에 대해 브리핑을 듣는데 그렇게 울컥할 수가 없었습니다. 엄마와 같이 참석하는 거라 뒷자리에 앉아 뿌듯한 얼굴로 바라보는 엄마의 얼굴도 몰래 훔쳐봤는데 왈칵 눈물이 솟는 걸 겨우 참았어요. 텔레비전에 방송이 되어야 정식 드라마작가 데뷔라는 건 알았지만 이제 그 시작이라는 생각에 가슴이 웅장해졌습니다.

그 후로 1년간 대구와 서울을 오가며 오픈 활동에 박차를 가했어요. 장애인콜택시가 언제 배차될지 몰라 한두 시간은 텀을 둬야 했기 때문에 거의 새벽 3시에 일어나서 준비하고 7시에 집을 나서서 KTX를 타고 서울에 도착해 밤 12시가 넘어서 다시 대구 집으로 돌아오는 생활을 반복했습니다. 일주일에 두 번씩 서울에 올라갔는데 저도, 엄마도, 저희 집에서 키우는 강아지 쿠키도 혼자 집에서 외롭게 집을 지키느라 다 같이 고생했던 시간이었어요.

그래도 다른 작가 지망생들은 돈을 주고도 못하는 고생을 영광스럽게 하고 있다는 생각에 힘들어도 힘든 줄 모르는 1년이었습니다.

오픈에서는 다양한 업계 관계자, 기성 감독님, 작가님들을 초빙해서 특강을 듣게 해 주고, 취재나 방문이 어려운 공공기관들을 연계해서 견학시켜 주는 등 작품의 소재 보는 시야를 넓혀 줬어요.

당선된 단막극은 방송 편성이 될 뻔도 했지만 최종 방송 결정에서 떨어져 아쉽게 제작으로 이어지진 않았습니다. 오펜 활동을 하며 가장 큰 메리트인 제작사와의 매칭이 시작됐는데 저는 이번에도 섣부르게 계약을 해 버린 제작사 때문에 타 제작사와의 매칭에서 제외가 될 수밖에 없었어요. 그래도 제가 소속된 제작사를 끼고 편성될 수 있다는 가능성을 보고 오펜의 피디님께서 OCN 채널과 연결을 시켜주셔서 편성까지 갈 뻔했는데 이게 친목 도모가 아닌 비즈니스다 보니 기 제작사 대표님이 저의 독단적 행보라고 생각하셔서 삐거덕거리기 시작했고 결국 이런저런 문제들로 인해 편성에서 드롭이 되고 말았습니다.

　그때도 지금도 뼈저리게 느끼는 건 이 드라마작가 일이 실력도 중요하지만 운과 타이밍이 맞아야 된다는 거예요. 제가 날아오를 때는 대체 언제일까요?

또 다른 장르로의 외도

...

여러 가지 이유들로 자꾸만 드라마 데뷔가 늦어지니 다른 길로 조금 돌아가야 하나 싶은 생각이 들었습니다. 그즈음에 웹툰, 웹소설을 원작으로 한 작품들이 쏟아져 나오고 성공을 거둘 때였는데 내가 드라마 대본 집필의 기회가 없다면 원작을 가지고 있는 게 훨씬 더 가능성을 높여 주지 않을까 했던 거죠.

웹툰을 그리자니 그림 실력이 영 꽝이고, 웹툰 스토리 작가가 되기에는 너무 페이가 적어서 생활이 어렵다는 소문을 들어 겁이 났습니다. 그래서 선택한 것이 바로 '웹소설'이었어요.

그때만 해도 웹소설에 대한 이해가 전혀 없이 무작정 달려들었던 거라 그냥 일반 소설을 전자책으로 출간하는 정도로만 알고 있었죠. 예전에 써 두었던 중단편 소설이 하나 있어서 그 원고를 출판사 이메일로 보내 투고하기 시작했습니다. 투고한 지 한 달이 지나자 속속 회신이 오기 시작하는데 하나같이 저희 출판사와 방향이 맞지 않아 정중히 반려한다는 내용이었어요.

MD 추천

주목 신간

[대여] 어쩌다 결혼
계약

민주낭자 저

[대여]
이코

강 [대여] 어쩌다 결혼

김뜰 작가가 사용하는 나무 자판

그래, 출판사마다 주력으로 출간하는 장르가 있겠지, 싶어서 로맨스 장르를 주로 출판하는 회사들을 다시 선택해서 메일을 보냈습니다. 하지만 결과는 달라지지 않았죠. 도대체 뭐가 문제인가 어리둥절해하고 있을 때 어느 소규모 출판사에서 제 원고를 출판하고 싶다고 연락이 왔습니다.

역시, 알아주는 사람이 있기 마련이야, 하며 계약서를 작성하고 전자책이 나왔습니다. 그런데 독자들의 리뷰를 보니 다른 웹소설과 달리 특이해서 읽게 되었다는 말이 많았어요. '다른 웹소설과 달리? 그럼 다른 웹소설은 틀이 정해져 있다는 건가?' 의문점이 왔는데 그때 제가 투고했던 출판사 대표님이 연락을 주시더니 제게 웹소설 한 편이라도 읽어 보셨냐고 물으셨습니다. 뜨끔했어요.

제가 너무 드라마작가 데뷔에 초점이 맞춰져 있다 보니 다른 장르는 공부하고 분석하기에 등한시했던 겁니다.

그러고는 대표님이 말을 이으셨는데 웹소설이란 장르에는 소위 '키워드'가 딱 정해져 있고, 타겟층의 구미에 맞게 쓰여져야 한다고 하셨어요. 웹소설 딱 열 편만이라도 읽어 보라고 하셨죠.

화끈거리는 얼굴로 웹소설을 결제해서 읽기 시작했는데 정말 신세계였습니다. 일반 대중소설이 아니라 또 다른, 특화된 장르라고 봐야 할 정도로 틀이 정해져 있었습니다.

솔직히 평소에 부끄러워했던 키워드들이 다 있었어요. 사내 연애, 계약결혼, 정략결혼, 재벌남 같은 소재 말이죠. 제목부터 노골적이었습니다. 제목만 보고도 이 소설이 무슨 이야기다, 단박에 알아볼 수 있는 원색적인 제목, 요즘 말로 '어그로'를 끄는 그런 제목이어야 했습니다.

그야말로 어안이 벙벙해 있는데 출판사 대표님이 다시 연락을 해오셔서 읽어 봤냐 하셨고, 그렇다고 했더니 당신 출판사에서 계약해 줄 테니 기획부터 차근차근 디벨롭시켜 보자 하셨어요. 당시에 마땅히 하고 있던 일도 없고 나중에 웹소설 작가나 편집자를 소재로 드라마도 쓸 수 있겠다는 생각에 저는 제안을 받아들였습니다.

드라마나 영화의 프로듀서분들과는 많이 일 해 봤지만 편집자인 출판사 피디분과는 일하는 게 처음이라 어떻게 진행이 될지 기대가 많았어요. 후기를 공유하자면 아주 만족스러웠습니다. 드라마 대본, 영화 시나리오 초고를 써서 제출하면 8, 90%가 다시 써야 된다다 갈아엎어라, 하는 피드백이고, 워낙 의견을 내는 사공들이 많아서 과연 이 글이 내가 쓰는 글인지 다른 사람들이 낸 생각을 대필해 주고 있는 것인지 혼란까지 오곤 하는 반면에, 웹소설은 작가의 개인적인 작법 스타일, 이야기를 풀어가는 방식, 그 밖의 자잘한 취향을 아주 많이 존중해 주는 분위기였죠. 약간의 코멘트를 해 주면서도 작가의 영역을 침범해서 아주 죄송하지만 대중적인 시각에서 드리는 말씀이라며 아주 조심스러워했습니다. 장르는 다르지만 작가라는 입장에서 너무나 행복했던 기억입니다.

다만 편집자님과 의견을 나누다가 19금 소설이 훨씬 판매량이 많고 고정적인 수입을 낼 수 있다는 사실에, 저는 덜컥 19금 소설로 방향을 틀었어요. 까짓것 쓰면 되지 뭐가 어렵겠어, 싶었는데 그건 저의 오산이었습니다. 19금이라면 소설 전반에 걸쳐 정사 신(scene)을 넣어야 했는데 그 정사 신도 창의적이어야 했죠. 헌데 저는 아이디 어랄 게 별로 없어서 그 정사가 그 정사 같고, 이게 앞에 나온 정사 인지 뒤에 나온 정사인지 구분도 가지 않을 만큼 갖다가 붙여 넣는 수준에 불과했어요. 편집자님의 조언과 다른 19금 웹소설들을 읽고 분석도 해 봤지만 제 머릿속에서 나오는 글에는 한계가 있었습니다.

결국 다음 웹소설에서 발전해 보자, 하고 부족한 그대로 출간하 게 됐어요. 확실히 아무것도 모르고 웹소설도 아니었던 중단편 전 자책과는 다르게 판매량이 증가했습니다. 하지만 하루가 지나고 이 틀이 지나자 판매량은 곤두박질쳤어요. 19금 웹소설은 그만큼 매니 아층이 많아서 독자들의 수준도 아주 높았는데 그 독자들이 보기 에 저의 작품은 애송이에 불과했던 것이죠. 그렇게 두 권의 웹소설, 아니 전자책에 가까운 소설을 내고 난 뒤에야 저는 웹소설 세계에 대해 알게 됐는데, 웹소설 작가 데뷔를 하려면 무료 연재를 하다가 출판사에서 컨택이 오는 방법, 직접 투고하는 방법이 있고, 출간한 뒤에는 대형 플랫폼에서 프로모션을 따내야 한다는 것, 전업 웹소설 작가들은 하루에 만자는 꼬박꼬박 써내려야 한다는 점이었어요. 수 많은 웹소설 작가님들이 올리는 유튜브 브이로그와 키보드 ASMR 을 듣는 것, 겁도 없이 그냥 잠깐의 외도를 한 것으로 만족하고 다 시 드라마작가 지망생이 되기로 했습니다.

드라마작가 데뷔했다는 기준에 대한 고찰

...

작가 지망생이 된 지 15년이 지나다 보면 주위 사람들은 물론 업계 관계자들에게도 '작가님'이라는 호칭이 익숙해질 만큼 '작가님' 소리를 많이 듣지만 저는 아직까지 '작가'가 못 되었다고 생각했습니다.

매년 새해가 되면 SNS에 올해에는 제발 입봉(일본말이긴 하지만 업계 은어라서 데뷔라는 말보다 훨씬 익숙합니다)하게 해 주세요, 입봉 가즈아, 대체 나의 입봉은 언제려나, 입봉, 입봉, 입봉, 그야말로 노래를 불렀어요. 그런데 한 날은 선배 작가님께서 제게 물으시더군요. 작가님 이미 입봉하신 거 아니냐고. 웹드라마도 몇 편씩이나 하고, 독립영화, 웹소설까지 출간하신 걸로 아는데 그건 다 뭐냐고. OTT 채널에서 드라마를 해도 입봉이 아니다, 케이블 채널에서 방송을 타도 입봉이 아니다, 단막극 한 편이 방영되어도 입봉이 아니다, 징징거릴 거냐고. 지상파 3사에서 편성이 되어야지만 입봉이냐고. 작가가 그렇게 생각이 편협해서 어쩌냐고 하셨습니다.

그제서야 저는 머릿속이 띵- 하는 종소리가 울렸어요. 정말 지금의 내 마음가짐으로는 4부작, 8부작 드라마를 한다 해도 입봉이 아니라고 우겨 댈 기세였죠.

입봉에 기준이 무엇이고, 작가라고 불릴 수 있는 자격이 무엇인가 하는 원초적이고도 근본적인 질문이 떠올랐습니다.

그날 하루를 끝내고 새벽 무렵에 침대에 누워 핸드폰으로 이력서 파일을 열어 놓고 그 오랜 세월 동안 쌓아 온 스펙을 읽어 내렸어요. 작업했던 모든 작품들 하나하나의 집필 과정이 뭉게뭉게 피어올랐죠.

공모전에 응모하겠다는 의지 하나로 아무런 금전적 대가 없이 밤새워 대사를 쓰던 때도 있었고요. 장애인 캐릭터의 롤모델로 계약해 준 것을 모르고 시나리오 작가로서 첫 계약을 했다고 뛸 듯이 기뻐했던 때도 있었어요.

독립영화, 그것도 각본이 아닌 각색으로 참여한다고 들어가 100만 원에서 50%나 깎인 원고료를 받고도 감독님과 피드백을 주고받으며 랠리하듯 시나리오를 주고받던 기억도 있고요. 소규모 제작사를 끼고 정부에서 지원하는 문화콘텐츠사업에 지원해서 관공서 홈페이지를 수백 번씩 들락거리며 발표가 났나 안 났나 가슴 졸았습니다.

작업 스타일이 많이 달라서 끝이 났지만 작가님 챙겨 먹으라고 케이크, 소고기, 비타민 선물도 받아 봤고, 공무원 나으리님들의 착수 보고회라는 장소에 참가해서 작가 김민주라고 쓰인 종이 명패가 있는 자리에 착석도 해 봤어요.

함께 참석하신 분들께서 대본 작업 수락해 주어서 감사하고 잘 부탁드린다며 머리를 숙이실 때는 제가 정말 스타 작가라도 된 것마냥 뿌듯했습니다.

대본의 최종고가 나오고 제본된 대본을 받아 봤을 때도 인증샷을 찍어 올릴 만큼 감개무량했죠. 촬영 크랭크인에 들어가고 감독님께서 촬영 현장 사진을 보내 주실 때도 있었는데 한 컷 단편적인 모습 하나에도 이게 무슨 신에 어떤 대사가 오가는 장면인지 알 수 있어서 무척 신기했던 기억도 있어요.

웹드라마가 릴리즈되는 날이면 가족들에게 말해서 같이 봐도 될 정도로 부끄럽지는 않은지 미리 체크하려고 몰래 이어폰을 끼고 핸드폰 화면으로 혼자 감상한 뒤에야 떨리는 마음을 숨긴 채 아무렇지 않은 척 연기를 하며 엄마에게 같이 보자고 말했습니다.

제가 상상만 했던 장면들이 영상 구현되고 제가 쓴 대사들이 배우들의 입을 통해서 발화될 때 정말 짜릿하다는 느낌이 어떤 건지 알 수 있었어요. 그리고 실제 발성으로 나오는 말과 텍스트로 된 대사와의 차이가 생각보다 아주 크다는 것도 알게 됐습니다. 텍스트로 작성할 때는 그렇게 세다고 생각하지 못한 말들이 배우가 감정을 실어서 입 밖으로 내뱉으니 훨씬 더 세게 전달이 되더라고요. 대사의 세기 정도도 이젠 가늠을 할 수 있는 짬도 생겼습니다.

웹드라마가 공개되고 나자 실시간 댓글이 달리기 시작하는데 이 또한 가슴 벅찬 경험이었어요. 드라마 속 주인공에게 감정이입을 해

서 욕도 하고, 설렌다 하고 캐릭터들에게 쏟아 내는 시청자들의 반응에 엄청 놀랐죠. 내가 창조한 세계관에, 내가 탄생시킨 등장인물들이 마치 살아 있고 진짜 내 옆에 있는 사람처럼 느껴져서 시청자들의 욕을 듣게 만든 것이 저 때문인 것 같아 미안한 감정도 생겼습니다. 그래서 앞으로는 더욱 신중하게 그 캐릭터만의 타당성과 개연성이 있도록 써야겠다는 다짐을 하게 만들었어요.

또 제가 쓴 장면이라 이미 다 알고 있고, 구성면에서 직접 의도한 슬픈 감정의 신에서 제가 울고 있는 게 어리둥절하고 신기했습니다. 그 이야기를 만든 저 역시도 그 드라마 속 세계관에 완전히 몰입했다는 의미였죠. 사람들은 자기가 쓴 것을 보고 운다고 주책이라며 놀렸지만 작가가 감성이 풍부하지 않으면 어디 할 수 있는 일인가요? 하하.

이렇게 작가로 살아온 기억들을 더듬어 보니 정말 지금 제가 작가가 아니면 뭔가 싶은 생각이 들었습니다. 이때까지 영상으로 만들어진 드라마들이 버젓이 있는데 입봉, 입봉, 노래를 불렀던 제 자신이 조금 부끄러워졌어요. 그리고 그 후로는 입봉하게 해 달라는 말은 하지 않았어요. 그저 조금 더 많은 대중들이 제 드라마를 볼 수 있게 해 달라는 말로 소원이 바뀌었습니다.

짝사랑은 진행 중

...

제작사 관계자분들과 미팅을 하면 저의 장애가 먼저 보이고 어눌한 말이 들리다 보니 말은 제대로 알아들을 수 있냐고 묻고 카톡으로 말하셔도 된다 하고 결국 소통의 문제를 이유로 일이 파토가 나는 경우가 종종 있습니다.

그럴 때는 저의 일이 계약과 방송 편성까지 이루어지지 않는 이유가 과연 제 대본 쓰는 실력 때문인지 장애 때문인지 판단이 서질 않아 더욱 답답하곤 합니다. 대본 쓰는 실력이 모자라서라면 얼마든지 노력해서 변화시킬 수 있는 부분이지만 장애가 문제라면 제가 태어날 때부터 가진 특성 중의 한 가지라 저조차도 어쩔 수 없어 더욱 좌절감이 들었죠.

작가 선배님들, 동료 작가님들에게 고민 상담하니 대본이 재밌으면 막말로 교도소 복역 중인 죄수에게도 글을 쓰라고 시킬 사람들이 바로 방송 관계자라며 괜한 열등감으로 장애를 탓하지 말라 했어요. 저도 되지 않는 일에 장애를 핑계로 도망치고 싶지 않았고, 마

배우 이승연과 함께

음을 다잡았습니다.

정말로 제 작품이 마음에 드는 제작사분들은 대구라는 먼 거리도 마다않으며 내려와서 저의 장애는 개의치 않고 오롯이 작품에 대한 이야기만 3시간이 넘도록 재미나게 하고 돌아갔어요. 그리고 그런 분들은 어김없이 계약까지 진행을 해 주셨죠. 저의 장애를 문제삼는 분들은 결국 제 작품도 그 정도의 호감밖에 가지고 있지 않다는 뜻으로 받아들였습니다.

작년에는 모 방송사 공모전에 미니시리즈를 응모했는데 심사를 보던 어떤 제작사 대표님께서 작품이 마음에 든다고, 수상을 할 것 같은데 만약 수상이 불발됐을 때 자기 회사와 같이 일해 보지 않겠냐는 연락이 왔어요. 그 후 공모전 결과 발표일을 기다리는 중이었는데, 또 다른 제작사에서 연락이 와서 그 작품의 시즌2까지 함께 계약하고 싶다고 자기네와 계약하자고 적극 푸쉬를 해 왔습니다. 고민 끝에 계약을 하고 지금은 10개월이 흘렀죠. 어떻게 되어 가고 있는지 알려 드릴까요?

사람은 항상 상대적이라 그쪽 제작사에서도 마찬가지겠지만 너무나 괴로운 시간을 보냈습니다. 애초에 제 작품 어느 부분이 맘에 들어 계약까지 했는지 모르겠지만 수정에 수정, 또 수정해도 돌아오는 피드백은 '문제가 많다.', '다시 처음부터 써라.' 하는 요구였어요. 정확히 어느 부분을 어떤 식으로 고쳐야 할지 구체적인 방안을 말해 주면 좋을 텐데 그건 작가의 몫이라고 아무런 해결책도 없이 수정만 요구하고, 온갖 안 좋은 혹평만 늘어놓을 뿐이니 자존감은 점

점 떨어지고 의욕이 없어지더군요.

이렇게 가면 결국 제작사도 작가도 시간 낭비만 할 뿐이라는 생각에 계약을 종료하자고 의사를 표했습니다. 그랬더니 받았던 계약금을 모두 반환하라는 대답이 돌아왔어요. 저는 그럼 10개월간의 제 노동비는 어떻게 되는 거냐, 계약서상에도 그런 조항은 없다, 노동법에도 걸리는 부분인 거 모르냐 물었는데, 계약서 조항을 함부로 임의대로 해석하지 말라, 노동법 운운하는 건 너무나 예의 없이 나오는 거다, 라며 전혀 말이 통하지 않았습니다.

어느 작가라도 마찬가지겠지만 좁은 바닥에서 소문이라도 안 좋게 나면 일하지 못하게 될까 봐 법적 소송도 망설이게 되고, 그렇다고 계약금을 모두 토해 내기엔 제가 너무 분한 입장인 거죠.

방영하던 드라마가 끝나면 어김없이 새 드라마가 나오고, 그럴 때마다 부모님도, 일과 관계없는 주위 사람들도, 저런 드라마도 방송이 되는데 너는 대체 얼마나 못 쓰길래 아직까지도 이러고 빌빌거리냐는 뉘앙스의 말들을 전합니다. 그럼 저는 너무 억울하고 답답하기만 해요. 이런 일들을 겪고 있다, 미주알고주알 털어놓을 수도 없고 일일이 설명하기도 너무 에너지 소비가 많기 때문이죠.

그래도 좋은 일이 아주 없는 건 아닙니다. 상업영화 공동 각본 작가로 계약을 한 작품이 배우들에게 캐스팅을 돌리는 중이거든요. 그 제작사 대표이자 감독님이 원안을 쓰셨고 공동각본 작가인데 제게 하시는 말이 작가님 덕분에 여기까지 올 수 있었다, 작가님 손을 한번 거친 시나리오는 너무나 술술 잘 읽히고 흡입력이 있다, 함께해 주어 너무나 감사하다, 였어요. 칭찬은 고래도 춤추게 한다고, 그런 말들이 립서비스라고 할 요량이더라도 제겐 너무 힘이 됩니다. 영화 시나리오를 아무리 열심히 써도 중간에 제작이 중단되고 엎어지는 경우를 너무 많이 봐서 걱정된다는 제 말에, 최악의 상황이 와서 유명 배우들이 캐스팅되지 않는다고 해도 연기 잘하는 무명 배우들을 데려와 무조건 제작은 할 거라고 믿어 달라고 걱정하지 말라는 말도 함께해 주시는데 정말 눈물이 솟을 지경이었습니다.

어느 분야의 일이든 마찬가지겠지만 누군가에게 끊임없이 선택받아야 앞으로 나가고 진행이 되는 이 드라마작가 일을 하다 보면 시장통에 나와 값이 매겨지는 물건이 된 느낌에 속상할 때가 많습니다. 어느 예능 토크쇼에서 어떤 배우가 자기는 연기라는 걸 평생 짝사랑 중이라고 하는 말을 들었는데 너무나 공감이 갔어요.

저는 이 편지를 읽을, '드라마'라는 당신, 시청자라는 이름의 당신을 17째 짝사랑 중입니다. 아프고, 슬프고, 애달프고, 간절했던 만큼 당신과 맺어질 사랑이 찬란하고 아름다우리라 믿어요. 부디 저의 사랑을 받아 주세요.

어제도, 오늘도, 내일도 사랑하는 당신을 그리며, 이만 줄입니다.

2022년 어느 꽃비 내리는 봄날에
작가 김뜰 드림.

김민주(필명 김똘)

| 주요 경력 |
영상작가교육원 수료 트윈세븐 기획작가
고려대 국어국문학과, 문예창작학과 이중전공 중퇴

수상
오펜 스토리텔러공모전 드라마 부문 수상
스토리뱅크 창작기획안 시나리오 부문 수상

작품 계약
싸이더스FNH 작품 계약
굿픽처스 시나리오 계약
Y2me 시나리오 계약
맥스파워ENT 작품 계약
메이퀸픽쳐스 기획작가
펀펀한영화사 시나리오 계약
토끼와 거북이 작품계약
지산 크리에이티브스 시나리오 계약
스튜디오풍선 작품 계약
비플러스 스튜디오 작품 계약
제이엑스디엔터테인먼트 작품 계약

작품
독립영화 〈베일〉 각색
웹드라마 〈딱 나 같은 딸〉 각본
웹드라마 〈두근두근 팜팜〉 각본
웹드라마 〈보험왕 가자〉 각본
웹단편영화 〈미드나잇 시티〉 각본
웹시트콤 〈가족 같은 회사〉 각색

저서
에세이집 「뛰어라 내 다리야 이 세상 끝까지」(2005)
로맨스 웹소설 「이분단 첫째줄」(2019)
로맨스 웹소설 「어쩌다 결혼계약」(2020)